다시 보는
차 문화

다시 보는 차 문화

초판 1쇄 발행 2012년 12월 20일

지은이 정병만
펴낸이 김선기 **펴낸곳** (주)푸른길
출판등록 1996년 4월 12일 제16-1292호.
주소 (137-060) 서울시 서초구 방배동 1001-9 우진빌딩 3층
전화 02-523-2907 **팩스** 02-523-2951
이메일 pur456@kornet.net
홈페이지 www.purungil.co.kr

ISBN 978-89-6291-216-6 03810

이 도서의 국립중앙도서관 출판시도서목록(CIP)은 e-CIP홈페이지(http://www.nl.go.kr/ecip)와 국가자료
공동목록시스템(http://www.nl.go.kr/kolisnet)에서 이용하실 수 있습니다. (CIP제어번호 : 2012005683)

차를 사랑하는 사람들과
차 문화에 새로 입문하는 사람들에게…

다시 보는
차 문화

차 한잔에. 쉼표 하나씩 입니다.
마침표 찍기 까지는 아직 시간이 있지요.
물음표로 다치시겠어요? 느낌표로 마치시겠어요?
그런 생각도, 차 한잔 하시면서! '차 한잔에'

정병만 지음

푸른길

 평소 생각을 한 권의 책으로 꾸며 보았다. 이리저리 만지작거리다가 한 해 가고 또 한 해가 지나기를 몇 번 망설이던 끝에 만들어졌다. 특별히 아는 것도 없는 데다 적지 않은 나이에 세상에 펴놓기란 정말 쑥스러운 일이라는 것을 모르는 바는 아니지만 차를 사랑하고 즐기는 많은 사람들이 있기에 시도한 것이다.

 차 문화는 역사 문화이자 의례 문화요, 종교 문화이자 공예 문화이고, 화학과 식품 분야의 분석과 맛의 문화요, 정신과학 분야의 문화이자 인간관계의 문화이기도 하다. 혹자는 차 문화를, 찻잎을 따서 차를 만들거나 손님맞이 행다行茶를 하는 것쯤으로 생각하지만, 이는 종합 문화 중의 아주 미세한 일부분이라는 것을 잠시 잊은 데서 비롯되었으리라고 생각한다.

 이처럼 차 문화의 영역은 무한한 것이기 때문에 차인이 갖추어야 할 영역 또한 무한하다. 동시에 차의 문화적 환경은 하루가 다르게 변하고 있다. 동서양의 문화 및 정보의 흐름과 교류 속도가 더해 감에 따라 오늘의 생활 패턴이 내일이면 퇴장하는 급변 속에서 전통의 의미와 기준을 어디에 두어야 하는가. 이러한 문화적 환경의 변화는 차 문화에도 커다란 충격일 수밖에 없다.

　문화 환경의 가속적인 변화에 따라 차 생활에도 변화가 일고 있다. 그 가운데서도 가장 큰 변화는 전통적인 차 문화를 기피하거나 거부하는 편의성의 문화이다. 우리 생활에서 가루차는 보기 힘들어졌으며, 잎차는 티백tea bag으로 변신하고, 그것도 모자라 휴대용 티필tea pill로 변형되어 가면서 즉석 음료RTD 시장은 성장을 거듭하고 있다. 음다飮茶 공간도 변화하고 있다. 차를 차실에서 마시는 것을 정도正道로 알고 있던 차 문화는 공간의 위치나 규모, 음다 환경에 구애되지 않고 수용해야 하는 변화를 가져왔다. 차를 앉아서 마시는 좌식 음다 풍속은 입식이 되고, 주인烹主의 다복은 우리 고유의 한복에서 편의복으로 바뀌고 있다.

　몇 가지 예에 불과하지만 이와 같이 파도처럼 밀려오는 변화를 극복하기 위해서는 우리 것과 남의 것을 올바로 이해하는 소양이 선행되어야 한다. 변화를 거부하면 우리 전통차의 영역은 축소될 수밖에 없기 때문에 새로운 트렌드를 알맞게 수용하면서도 민족 문화의 격을 향상시키는 노력이 있어야 한다.

　격을 높이는 주체는 누구일까. 그것은 바로 우리들이다. 우리는 자칫 우리 문화에만 얽매여 자기를 망각하고 있지는 않은지 돌아보아야 한다. 키플링Rudyard Kipling은 "영국만을 아는 사람을 어찌 영국을 안다고 할 수 있겠는가?"라는 명언을 남긴 적이 있다. 그 후 이 말은 비교문화 연구의 금언金言이 되었다. 이 말을 새기면서 차를 사랑하는 사람들이나 새로 차 문화에 입문하는 사람들이 알고 있었으면 하는 부분을 가려서 에세이 형식으로 편하게 엮어 보았다.

이 책을 출판하는 데 수고를 마다하지 않은 푸른길 출판사, 그동안 격려와 협조를 아끼지 않은 아내 장문자 혜명전통다례교육원장, 서울시립대학교 남기범 교수와 정은희 박사, 그 밖에도 많은 분에게 깊이 감사드린다.

화정동 서재에서 정병만

차한잔에. 쉼표 하나씩 입니다.
마침표 찍기 까지는 아직 시간에 있지요.
물음표로 다치시겠어요? 느낌표로 마치시겠어요?
그런 생각도, 차한잔 하시면서! '차한잔에'

차 례

제1부

우리나라 차 문화의 성찰

우리 옛 차,

청태전 이야기

차 생활을 즐기는 사람이라면 과거 우리의 조상이 어떻게 차를 만들어서 어떤 방법으로 마셨을까 하고 한 번쯤은 의문을 가져 본 적이 있을 것이다. 우리의 차 생활이 차의 약리적 기능보다 정신문화적인 가치에 더 많은 비중을 두는 것이라면 기천 년 기나긴 우리 차사茶史를 다시 한 번 뒤돌아보면서 사라져 가는 차 문화의 잔흔을 되찾아 후손에게 보람찬 문화유산으로 전승시켜 나아가야 하지 않을까.

우리나라 정사에서 최초로 나타나는 기록으로는 고려 시대의 유학자 김부식이 편찬한 『삼국사기』 신라본기 제10을 보면, "흥덕왕興德王, 828년 12월에 사신을 당으로 파견하여 조공하니 당 문종은 사신을 인덕전으로 불러들여 연회를 베풀었다. 이때 사신으로 갔다 돌아오는 대렴大廉이 차 종자를 가져왔으므로 왕은 이를 지리산에 심게 하였다. 차는 이미 선덕 여왕 때부터 있었는데 이때에 이르러서 성하였다."라고 한 것이 우리나라에 차가 전래된 과정을 기술한 첫 번째 기록이다. 이 『삼국사기』대로라면 흥덕왕 때 심은 차나무가 기록상으로 처음 심은 것이 되나 선덕 여왕재위 632~647 때 이미 차가 생산되고 있었다는 이야기로 풀이할 수도 있다.

호암湖巖 문일평文一平의 「차고사茶故事」에 보면 "차가 조선에 들어오기는 선덕 여왕의 연간이다. 때는 곧 3국 말이니 중토中土에는 차가 유행하기 시작하던 당초에 해당한다."라고 하여 차를 처음 선덕 여왕 대에 심었고, 그로부터 180여 년 뒤인 흥덕왕 때도 심었다고 본다. 찻잎을 가공해서 '차'를 만들어 마시는 풍습은 대체로 중국 한나라漢, 기원전 202~기원후 220 때부터 시작되었다고 보는 견해가 지배적이다. 이를 뒷받침하는 것을 한나라 이전부터의 고사에서 많이 볼 수 있으나, 특히 전한前漢 시대의 학자 왕포王褒의 노예 매매 계약서 「동약僮約」에 "차를 정성껏 달인다烹茶盡具"는 기록과 왕포의 고향인 지금의 쓰촨 성四川省 메이저우眉州 펑산 현彭山縣에 속하는 무양에서 차를 산다武陽買茶는 기록이 있는 것으로 보아 전한 시대인 기원전 59년에 이미 양쯔 강 상류 연안 일부 지역에서는 차가 약용으로뿐 아니라 마실 거리로도 쓰이고 있었다고 볼 수 있다.

이에 따르면 선덕 여왕 때보다 670여 년, 흥덕왕 때보다는 약 880여 년이나 앞서 있다. 육지로 연해 있는 고구려와 바닷길이 가까웠던 백제와의 정치·문화적 교류를 통해서 정사 이전에 이미 다소나마 음용되고 있었으리라는 것을 추정할 수 있다.

당시 중국은 인접 국가에 비해 월등히 앞선 국가로 우리나라에 문화적 전이轉移가 수시로 이루어지고 있던 시대였으므로 우리 조상들의 차생활 습속을 이해하는 데는 중국의 차 문화를 이해하는 것이 지름길이라고 생각한다. 이상과 같이 전해진 차는 어떻게 만들어 마셨을까? 중국의 끽다 문화喫茶文化는 당唐에서 명明에 이르는 618년에서 1662년 사이가 전성기라고 할 수 있다. 특히 당나라 때760년경 저술된 육우陸羽의 『다경茶經』은 오늘날에 와서도 세계인의 애독서이자 차 생활의 종합 지침서로 추앙받고 있다. 그에 의하면 당시의 차는 추차㮮茶, 산차散茶, 말차抹茶, 병차餠茶가 있고, 그중에서도 주류를 이루는 차는 고형차固形茶로 모양새에 따라서 병차餠茶, 떡차, 단차團茶, 덩이차, 전차磚茶, 벽돌차 등으로 불렸다.

이러한 고형차들이 전래되면서 뇌원차腦原茶와 유차孺茶, 전차錢茶, 돈차 등 우리 나름의 차로 토착화되었다. 그 가운데서도 전차는 흔히 말하는 청태전靑苔錢으로 우리 차사에 가장 오래도록 남아 있던 차이다.

청태전이라는 이름은 보관 과정에서 파란색의 이끼가 전차에 낀다 하여 붙여진 이름이라는 설이 있고, 금당錦堂 최규용崔圭用, 1903~2002의 『금당다화錦堂茶話』에서는 "차에 녹색 곰팡이가 피어 있고 아무리 파삭 마른 것이라도 이 곰팡이가 그대로 남아 있어서 청태전푸른곰팡이가 슬어 있는 돈차이라 한다."라고 하였다. 혹자는 전차를 만들면 그 색이 푸른 이끼처럼 푸르다고 하여 붙여진 것이라 하고, 차를 우리면 찻물이 파란색을 띤다 하여 붙은 이름이라는 등 여러 가지 구구한 설이 있다. 필자의 생각으로는 청태전이라는 이름의 생성기는 1920년대이고, 청태전의 이름은 전남 장흥 지방에서 만들어진 지방 고유의 토속어이자 비유어였을 것이라고 추정된다.

장흥 지방은 우리나라 남해안 다도해역의 중앙부에 위치하는 김海衣, 海苔의 주산지이자 1920년대에 김이 일제의 군수 물자로 수탈되기 시작하면서 일본인에 의해 각광받던 곳으로, 이 지방에서는 김의 원조를 흔히 청태靑苔 또는 녹태綠苔, 파래라고 하여 바다에서 자라는 이끼라는 뜻

다시 보는 차 문화

으로 불려 왔다. 더불어 장흥은 야생차의 숨은 보고로, 『신증동국여지승람新增東國輿地勝覽』에 의하면 고려와 조선조 초기에 전국 다소茶所 19개소 중의 13개소가 있던 곳이다. 지금도 유치면 봉덕리 가지산迦智山 아래에 위치한 보림사寶林寺 주변을 위시해서 관내 7개 지역에 약 30ha 이상의 야생차가 자생하고 있는 곳이자 많은 약용 식물이 번무하는 곳이다.

특히 『한국민족문화대백과사전』에서 보면 보림사는 신라 선문구산禪門九山 중 제일 먼저 개산開山한 가지산파迦智山派의 중심 사찰이라 하였고, 『장흥군지長興郡誌』에서도 보림사는 821년에 세워졌고 신라 말기 선종禪宗이 가장 먼저 정착한 곳이라고 한 점으로 미루어 보아 당나라의 고형차가 선종을 따라 장흥 보림사에 제일 먼저 들어와 정착했을 것이라고 추정할 수 있다.

최규용은 『금당다화』에서 강진군 성전면에 소재하는 무위사無爲寺가 최초라고 하였으나, 초의草衣 다법 전수승인 응송應松 박영희朴暎熙, 1893~1990는 『동다정통고東茶正統考』에서 보림사 제3조 체징體澄 스님이 당나라에서 습득하여 840년 귀국한 후 불회사佛會寺와 천관사天冠寺 등 인근 사찰에 전파하였다고 적고 있다.

이와 같은 자연과 역사상의 여러 가지 정황으로 비추어 볼 때 장흥은 청태전이라는 기지 넘치는 해학을 탄생시키기에 부족함이 없는 곳인 듯하다. 김과 전차돈차의 자연스러운 만남은 전차를 흡사 청태로 빚어 만든 구멍 뚫린 동전과 같다 하여 청태전이라고 부르게 되었으리라 생각한다.

여기서 부언하고 싶은 것은 차에 녹색 곰팡이가 피어 있어 청태전이라고 한다는 설명은 신중을 기해야 할 것으로 본다. 곰팡이가 생긴다는 것은 보관상의 잘못이지, 제품 본래의 속성이 아니기 때문이다. 청태전이 우리의 차사에 극명하게 드러나기는 『조선의 차와 선』을 저술한 모로오카 다모쓰諸岡存와 이에이리 가즈오家入一雄라는 두 일본인의 연구에 따른 것이다. 특히 1932년을 전후해서 이에이리가 전남 일대의 산야와 촌락을 찾아다니면서 우리의 토산차인 청태전을 탐사하고 연구한 기록은 놀라운 집념의 소산이 아닐 수 없다. 누구의 손에 의해서든 역사적으로 청태전의 본원지로 지목되는 장흥군 유치면 보림사 부근에서의 청태전과의 만남은 어쩌면 우리 차 문화사에 일대 쾌거가 아닌가 한다. 다만 1천여 년의 문화가 1960년대 부산면夫山面 관한觀閑마을을 끝으로 자취를 감추어 버린 점이 못내 아쉽기만 하다.

여기서 몇 가지 의문이 제기된다. 이들은 왜 하필이면 청태전을 찾아 헤매었을까? 거기에는 그럴 만한 충분한 까닭이 있지 않았을까 한다.

첫째, 당나라 이전부터 송나라를 거쳐 명나라 초기까지 중국차의 본류를 이루는 것은 고형차인데, 우리나라의 청태전은 당시 중국의 고형차 제다법製茶法과 유사하다. 중국의 차 문화를 연구하기 위해서는 청태전 연구가 필수적이라고 하는 학문적인 측면이 있다.

둘째, 당시는 일본의 중국 대륙 침략이 본격화되던 무렵으로 중국 대륙의 물식수이 대부분 경수硬水인 데다 수질마저 열악하여, 일본군의 식수 관리와 사기 진작을 위해서는 장기 보관이 가능하고 휴대와 차 우리기에 편리한 청태전이 적격이라는 전략하에 연구된 것이 아닌가 한다. 1931년 9월 18일 일본은 만주사변을 일으켜 중국의 동북 지방에 청나라 폐제廢帝인 푸이溥儀를 앞세운 만주국 통치를 시작하였고, 1937년 7월 7일 중일전쟁을 일으켜 중국 대륙을 침탈할 시기였던 점과, 『조선의 차와 선』책자에서 육군대장 출신이자 조선 총독과 식민지 정무를 전담하는 척무대신을 역임한 고이소 구니아키小磯國昭가 '용단승설龍團勝雪'이라는 제자題字를 쓰고 같은 육군대장 출신이요 조선 총독과 척무대신 출신인 우가키 가즈시게宇垣一成가 서문을 써서 격려한 사실로 미루어 볼 때 의구심을 뒷받침하게 된다.

식민지를 지배하던 군벌이자 최고의 책임자들이 의사와 산림기사가 쓴 책에 왜 이름을 남겼을까? 특히 모로오카 자신이 1943년에 저술한 『차와 문화茶とその文化』에서 "(차는) 전쟁에 절대로 필요한 물건이다. 일본군이 가장 자랑하는 야간 습격 때 또는 중국 북방의 외진 지역의 추위와 과로에 시달릴 때 등 차는 실로 소생의 영약이다.(술은 아주 해로워 병사를 꽁꽁 얼어붙게 한다.)"라고 하였는가 하면, 1944년에 발간된 책자 『차茶』에서는 "다도는 전시하에서 가장 어울린다는 것을 역사는 말하

고이소 전 총독의 제자

1930년대의 청태전(일본 시즈오카 차업시험장 소장)

재현된 청태전

고 있다. 예로부터 전쟁 시기에 무사 사이에서 가장 유행했었다."라고 썼는데, 이는 청태전 연구가 대륙 침탈에 필요한 군수품을 위한 것이라는 인식이 뚜렷이 깔려 있었다고 보아야 한다. 그뿐 아니라 모로오카는 철두철미한 국수주의자로 '유태화배격동지회猶太禍排擊同志會'와 '대일본흥아동맹大日本興亞同盟'에 깊이 관여한 전력이 있는 것으로 보아 이를 뒷받침한다고 볼 수 있다. 이유야 어떻든 그렇게 해서라도 하마터면 단절되거나 소멸될 뻔했던 우리 청태전의 맥이 이어져 내려온 것은 불행 중

다시 보는 차 문화

다행이다.

해방 후 그룹 단위로는 처음으로 2005년 5월 말 장흥군 관한마을 현지에서 광주 혜명다례원원장 張文子 회원들이 시도한 청태전 재현 프로그램이 있어 여기에 동행하여 제다 과정을 눈여겨보면서 매우 세심하고 힘겨운 노동이라는 것을 실감할 수 있었다.

1368년 주원장이 명나라 태조 홍무제洪武帝로 등극하자 탕평책으로 공차법貢茶法, 즉 그때까지 헌상차獻上茶가 단차나 병차인 것을 백성들의 노역을 경감시킨다는 뜻에서 엽차葉茶로 전환시킨 사실에서 보는 바와 같이, 우리의 조상 역시 청태전을 만들기 위해서 노역과 시간을 희생하는 등 많은 어려움이 있었을 것이다. 육우의 고형차는 따고採, 찌고蒸, 찧고搗, 두드리고拍, 불에 쬐어 말리고焙, 구멍을 뚫고穿, 밀봉하는封 단계를 거쳐 제조되었다.

1930년대 장흥에서 과수 농장을 경영하던 일본인 사카이가 보림사 경내에서 주로 만들어 전량을 일본으로 보냈었는데, 당시 사카이의 통역을 맡았고 중학 2학년생으로 후에 보림사 승려 생활을 하다 환속한 전각가 조성호趙聖皓 옹에 의하면 당시의 청태전 제다 과정은 다음 20쪽과 같다Box 내용 참조.

청태전의 제조 방법에 대해서는 몇 가지 이견이 있다. 첫째는 고조리에서 들어내어 건조하는 방식이다. 혹자는 강한 햇볕에 말린다 하였으나, 조 옹에 의하면 공기가 잘 소통하는 그늘진 처마에 달아메거나 마루나 다락에 대발을 깔고 약 7일에서 10일 정도 말리면 완전히 건조된다고 한다. 그늘진 곳에서의 건조는 차의 화학적 변화를 최소화하려 했던 것으로 보인다. 사례를 한 가지 들어 보면,『우리 茶의 재조명』을 저술한

- 부락 부녀자 20~30명을 고용하여 음력 3월 중순경부터 보림사 뒷산에서 차 따기를 하는데, 차 첫물은 녹차(綠茶)를 만들고 잎이 다소 굳어진 두물잎부터 재료로 쓴다.

⋮

- 큰솥에 물을 넣어 시루에서 뜨거운 김으로 푹 찐다―이때 솥뚜껑을 잘 덮어 김이 새어 나가지 않도록 한다. 혹은 두꺼운 판자로 덮고 무거운 돌을 얹기도 한다.

⋮

- 잘 쪄진 찻잎은 들어내어 절구통에서 떡처럼 잘 찧는다.

⋮

- 얇은 천(무명천)을 깨끗한 물에 적셔 짠 다음 일정한 규격의 고조리(죽피로 만든 틀)에 씌워 그 안에 미리 새알처럼 만든 찻덩이를 넣어 손으로 누른 다음 다시 천을 덮어 누른 후 들어낸다.

⋮

- 고조리에서 들어낸 차는 따뜻한 온돌방이나 마루 및 다락에서 약간 말린 다음 대꼬챙이(竹串)로 구멍을 뚫어 10개 또는 20개씩 꼬챙이에 끼운 채 짚새끼로 양 끝에 줄을 달아 통풍이 잘되는 그늘진 곳에서 바짝 말린다.

⋮

- 차를 우리는 요령은 잘 말린 청태전을 우리기 전에 화로 석쇠 위에서 앞뒤 고루 약간 노랗게 탄 듯한 정도로 굽는다(겨울철에 인절미 구워 먹듯 속까지 잘 구워야 한다).

⋮

- 끓인 물에 넣어서 우려 마신다.

최계원(崔啓遠)이 1972년 봄에 일본인 학자(성명 미상. 이에이리가 아닌가 하였으나 문헌상 그는 1976년에 방문했던 것으로 되어 있다.)를 대동하고 관한마을을 방문하여 손수 재현해 보였다는 청태전 하나를 장흥군청 문병길 계장이 보관해 오고 있어서 본 적이 있는데 이끼 낀 흔적 없이 깨끗했다.

둘째는 찻덩이를 고조리 없이 손으로 적당히 버무려서 만드는 것으로

다시 보는 차 문화

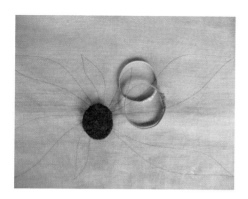

1972년에 만들어진 청태전과 고조리

생각하는데, 반드시 고조리나 찻주발의 굽이나 다식판을 이용하여 일정한 규격과 동일한 중량의 것을 만들었다. 셋째는 우리기 전에 불에 가볍게 화기火氣를 주는 정도로 생각하는데, 노랗게 탄 듯한 정도로 앞뒤를 고루 굽는 것이 맛있는 차를 만드는 비결이라는 것이다.

요즈음 청태전 문화를 되살리고자 하는 운동이 일각에서 일고 있음은 천만다행한 일이다. 청태전은 우리 차 문화사에서 가장 기나긴 세월을 두고 전승되어 온 조상의 숨결이다. 기층 사회에 서렸을 애환과 낭만 그리고 아쉬운 잔흔을 반추하면서 청태전 문화의 복원을 기대해 본다.

학대받은 자의

승리

　우리나라에서 차 문화가 쇠퇴한 원인은 무엇이었을까? 구수한 숭늉이 차를 대신하고 담배나 술 등을 즐겨 했던 생활 습관 등 여러 가지 원인이 있겠으나, 보다 직접적인 원인은 유교를 숭상하고 불교를 배척하는 조선의 불교 억압 정책과 공차貢茶의 폐단이었을 것으로 보는 견해가 많다.

　특히 조선 초기에서 중기에 이르는 사이 불교에 대한 탄압은 극심하기 이를 데 없었다. 태종이 들어서면서 궁중에 있는 불법 수호신인 인왕불仁王佛을 내원당內願堂, 왕실의 불도 수행을 위한 불당에 옮기고 궁중에서의 모든 불사를 폐지하였다. 또한 대부분의 사찰 전토田土에 부과된 조세를 군용금軍用金으로 사용하도록 하고, 절에 소속되어 있던 노비마저 각 기관에 나누어 분속시킴으로써 결과적으로는 사찰 토지가 감축되기도 하고 심지어는 몰수되기까지 하였다. 그에 더하여 태종은 전국에 242개의 사찰만 남기고 나머지는 모두 폐사시키고, 11개 종단을 7개 종단으로 축소하게 한다.

다시 보는 차 문화

또한 세종도 즉위하자 전왕 때 미처 다하지 못한 훼불毁佛을 강행한다. 그중에서도 1424년에 단행한 종단 폐합은 불교 탄압의 대표적인 사건이라 할 만하다. 즉 조계종·천태종·총남종을 합쳐 선종禪宗으로 하고, 화엄종·자은종·중신종·시흥종을 합쳐서 교종敎宗으로 하는 양종파兩宗派로 축소시킴과 동시에 전국의 사찰을 36개소와 토지 7,950결, 승려 3,770명으로 한정시켜 버렸다. 축소로 생기는 사찰 토지와 노비는 모두 국가 소유로 귀속하였는가 하면, 성 밖 승려의 도성 출입을 금지하고 연소자의 출가를 금지하는 강경책을 쓰기도 하였다. 문종도 승니僧尼를 금하였다. 성종 또한 도성 내외의 비구니 사찰을 헐어 버리고 비구니들을 궁방의 노비로 만들었다.

그런가 하면 1492년에는 승려 허가증이라 할 수 있는 도첩度牒■1이 없는 승려는 모두 노역과 군역에 충당되기도 하고, 마침내 승려가 되는 것을 금하고 환속시킴으로써 많은 사찰이 주인을 잃고 말았다. 그나마 남은 승려들은 관가의 유생들이 사용할 종이나 신발 등을 만들게 하거나 온갖 잡역에 동원되기도 하였다. 한 예로 석축 산성인 남한산성에 치소治所를 옮기는 공사를 하면서 승병장 각성覺性에게 조선 중기 이후의 최고 승직인 팔도도총섭八道都摠攝이라는 승직을 주어 쌓게 하고, 축성 후에는 장경사長慶寺를 지어 승려들이 기식하면서 산성을 수비하게 하는 등 국가적·사회적 냉대와 탄압과 인간 이하의 천대는 그치지를 않았다. 불교 탄압의 정도를 가늠하고자 몇 가지 사례를 들추었으나, 조선 500년

■1 도패(度牌)라고도 한다. 예조에서 발행하는 승려의 신분증명서. 도첩을 갖지 않은 승려는 사도승(私度僧)이라 하여 공적으로는 신분을 인정받지 못한다.

의 불교사는 이루 말할 수 없는 온갖 수모를 겪으면서 명맥을 이어 내려온 수난의 고행사라 할 수 있다.

차는 선禪을 수업하고 깨달음을 얻는 데 반드시 필요한 불가의 필수품이었다. 그러기에 일찍이 회해선사懷海禪師가 『백장청규百丈淸規』를 통하여 참선을 규범화하고, 조주선사趙州禪師의 '끽다거喫茶去' 선심禪心을 통하여 차와 선은 하나가 되어 가는 과정을 밝게 된다. 동시에 차는 어떠한 철학적인 사유보다는 정신적·신체적으로 나약해지기 쉬운 수도승에게 활력을 주고 번뇌를 씻게 하는 영험한 선약仙藥으로 인식되었다.

차의 약성은 신농神農 신화에서 널리 알려져 왔지만 선약설을 공식화한 것은 육우의 『다경』에서 비롯된 것이다. 육우가 『다경』을 저술한 760년경은 신선도교神仙道敎가 최성기를 만났던 시기로 진나라 갈홍葛洪의 신비주의에 의한 금단金丹으로 중독 등 약화藥禍가 속출하고 있을 무렵이었다. 천연의 황화수은인 단사丹砂를 조합하고 단사에서 다시 수은, 수은에서 단사로 여러 차례에 걸쳐 질을 전환시켜 만든 금단을 대체하는 선약으로 차의 효용을 제시하였다.

특히 불가에서는 속계삼욕俗界三欲이라 하여 음식욕, 수면욕, 음욕을 이겨 내는 약리적 효능이 뛰어나고 양생약養生藥으로도 탁월한 차를 참선의 가장 친근한 식재로 받아들임으로써 다선일미茶禪一味, 즉 차와 선을 같은 범주에서 인식하고 나아가서는 불성佛性과 차성茶性의 상호 융합으로 "중생을 괴로움으로부터 구하고, 마음을 맑게 하여 본래의 자기를 깨닫게 하는" 양약이자 선약이 되었다.

그러나 가혹한 탄압으로 인해 마침내 사찰 주변에 정성 들여 가꾸어 오던 차나무 역시 훼불의 희생양으로 폐전廢田되거나 퇴화되는 안타까

다시 보는 차 문화

운 운명을 맞이하게 된 것이다. 오늘날에야 민간의 다원茶園이 주류를 이루지만 당시에는 주로 불도 수행의 도량인 사찰 전토에서 자급자족하던 수준이었기 때문에 사찰에서 경작하던 차나무가 사라지는 것은 우리나라에서 차 문화가 사라지는 것과 같아서 불교의 쇠락과 함께 차 문화도 운명을 같이하기에 이른 것이다. 호암 문일평도 그의 「차고사」에서 이를 지적하고 있다.

공차는 여러 가지 공물 중의 하나로 차의 산지에서 궁중이나 중앙 관서의 수요에 따라 바치는 토산물인 차를 말한다. 이 공물은 초기에는 지방 장관에게 지역의 토산물을 헌납하게 하는 성격이 짙었던 것으로 자의적인 헌공獻供과 유사하게 이루어졌으나, 재정 수요가 늘어나고 중앙 집권이 강화되어 조세 제도의 틀이 잡히면서 타의적이고 작위적인 조세의 형태로 변질된 것이다.

우리나라에서 차가 언제부터 공물로 지정되었는지에 대해서는 정확히 알 수 없으나, 삼국 시대에는 주로 마포나 비단 같은 직물이, 고려 시대에는 상공常貢과 별공別貢의 두 가지로 나누어졌다. 부과되는 품목과 양이 매년 일정하게 정해져 있는 상공에는 정종 7년1041의 경우 쌀·좁쌀·철·꿀·소가죽·금·백은白銀·직물 등이, 필요에 따라 수시로 부과되는 공물인 별공으로는 금·은·동·철·먹·실기와 종이·숯·도기·소금 등이 있었다. 『세종실록』에 의하면 농산물을 비롯하여 해산물, 광산물, 동물, 각종 수공업 제품, 심지어는 가공식품에 이르기까지 수백 종에 달할 정도로 다양했다.

중국 또한 공차가 언제부터 있었는지에 대한 명확한 기록은 없으나 동진東晉 원제元帝 시대317~322에 이미 헌상차가 있었다는 것이 『화양국

지華陽國志』「파지巴志」에 있다. 당나라 때618~907의 「식화지食貨志」나『신당서新唐書』「지리지地理志」에 의하면 766년경부터 안후이 성, 허난 성, 후난 성, 허베이 성 등의 지방차가 왕실에 바쳐진 기록이 있음을 감안할 때, 중국의 문물이나 제도적 영향을 많이 받아 왔던 고려 시대의 정황이나 고려 문인인 백운거사白雲居士 이규보李奎報. 1168~1241가 읊은 '화계花溪에서 차 따던 일 논하네'라는 시구로 보아 최소한 고려 중기에는 공차가 있었다고 판단된다.

화계花溪에서 차 따던 일 논하네

관에서 감독하여 노약老弱까지도 징발하였네

험준한 산중에서 간신히 따 모아

머나먼 서울에 등짐 져 나르네

이는 백성의 애끓는 고혈膏血이니

…

산림과 들판 불살라 차의 공납 금지한다면

남녀 백성 편히 쉼이 이로부터 시작되리

공차로 인하여 수없이 많은 백성들이 피눈물을 흘려야 했음을 알 수 있는 시이다. 특히 "산림과 들판 불살라"라는 표현은 백성들의 고통이 한계 상황에까지 이르렀음을 암시한다. 그렇기 때문에 조선 초기 함양 군수 김종직金宗直이 "상공上供하는 차가 우리 군에서는 나지도 않는데 해마다 백성들에게 부과된다. 백성들은 전라도에 가서 쌀 한 말에 차 한 홉의 비율로 구입해 와 공차한다."라고 탄식하던 속내를 짐작케 한다.

당나라 사람 원고袁高의 『다산시茶山詩』를 보면 다음과 같은 시구가 쓰여 있다.

> 남편이 일단 공차에 징발되면
>
> 한동안 집을 떠나 있어 마누라도 첩도 미망인이 된다네
>
> 남자들은 덩굴을 붙잡고 단애절벽을 기어오르느라 상처투성이가 되고
>
> 하루 종일 찾아다녀도 한 줌의 찻잎만 딸 뿐 손발은 피와 상처로 멍들고
>
> 산들은 벗겨지고 초목마저 성장을 멈춰 버려 너무나 슬프네
>
> …
>
> 사람들은 다급한 마음에서 하늘의 도움을 빌며 돌아다니지만
>
> 아무것도 되지를 않네
>
> …
>
> 망망한 바다와 같은 세상, 가슴에 맺힌 울분을 뉘에게 하소연할꼬─

이규보와 원고의 절절한 글귀를 보면, 유적幽寂한 삶을 즐기던 백관과 문인들의 찻잔에서 배어 나오는 삼절三絶의 아취가 고산단애를 헤매며 울부짖던 천진무구한 백성들의 피와 땀으로 만들어진 것이라고 생각하니 살을 에는 듯한 아픔을 느끼게 한다.

여기서 한 가지 그대로 지나칠 수 없는 의문이 제기된다. 이웃 중국은 왜 차 문화가 쇠락하지 않고 꾸준히 발전되어 왔을까 하는 것이다. 이는 조선조는 건국 이전 불교가 정치·사회 등 여러 분야에 끼쳤던 폐해에 대한 보복으로 불교 말살 정책을 쓴 반면에, 중국은 토속 종교인 도교와 유교 그리고 외래 종교인 불교를 융합·수용함으로써 차 문화 발전의 토

양이 꾸준히 축적되어 왔다고 할 수 있다.

공차의 성격 또한 조선에서는 특별히 차에 심취한 왕이나 중앙의 권력층이 없었고 제례 등의 국가적인 의식이나 외국 사신 접대용 또는 조정의 마실 거리와 약용으로서 한정적으로 사용하기 위한 공차인 데 반하여, 중국에서는 황제나 중앙에서 모두 차를 불로장생의 선약으로 인식하고 필수적인 양생 음료로 애용함으로써 현격한 차이를 보인다.

공차가 역대 황제의 건강과 장수를 기원하는 수단으로 쓰임으로써 지방의 관속들은 보다 더 전아典雅한 차를, 남보다 빠르게 특히 1년에 한차례 황실에서 열리는 청명연淸明宴에 맞추어 월등히 빼어난 차를 보내 황제의 환심을 사서 입신양명의 기회를 얻으려는 데 혼신의 노력을 다하게 된 것이다.

하늘을 찌르는 백성들의 분루憤淚에도 아랑곳하지 않고 행해진 이와 같은 지방 관속들의 입신 경주는 풍아風雅한 오늘의 중국차를 만들게 한 직접적인 원인이 되었다. 중국차의 명차라 할 수 있는 호주자순湖州紫笋, 서호용정西湖龍井, 군산은침君山銀針, 벽라춘碧螺春, 무이암차武夷岩茶 등이 모두 공차가 낳은 산물이다.

"인간의 역사는 학대받는 자의 승리를 참을성 있게 기다린다."라고 한 타고르의 말을 되새겨 본다. 학대받은 자의 피땀으로 빚어낸 차들이 후대에 와서 세계의 명차로 사랑받고 있는 것이다.

후대에 와서야 문화적 보상을 받는 것일까.

찻자리꽃

산고

　차를 가까이하면서부터 차와 정서적으로 교감할 수 있는 여가 생활을 보내기 위해서 야생화를 키우고 있다. 20여 년 동안 야생화에 심취하여 많은 시간을 빼앗기기도 하고 고되기도 하였지만 돌이켜 보면 못내 아쉬움과 즐거움이 교차하는 행복한 날들이었다.

　모든 일이 다 그러하듯이 야생화 키우기 또한 여간 정성이 드는 일이 아니다. 특히 일반 화초와 달리 산이나 들에 길든 습성을 벗어나기까지는 상당 기간의 적응이 필요한 야생 식물이기 때문에 더욱 관심을 가져야 할 때가 많다. 그러므로 변함없이 사랑하는 마음이 앞서야 하고, 자라기에 알맞은 환경을 만들어 주면서 성의껏 보살펴 주어야 한다.

　40평 남짓한 옥상 시멘트 바닥에서 여름에는 뜨거운 햇볕과 매정한 비바람에 시달려야 하고, 겨울이면 매서운 추위와 눈보라를 이겨 내면서도 어느새 적지 않은 종류의 가족을 거느리게 되었다. 이처럼 열악한 환경을 이겨 내고 철 따라 싱싱하게 돋아나는 파리한 잎이나 색색으로 피어나는 꽃을 볼 때면 한낱 식물이지만 거기에서 발산하는 강인하고 신비로운 생명력에 경탄하면서 무한한 경외감을 느끼게 된다.

꽃에 아름답고 그렇지 못하고가 어디 있겠는가. 사람에 따라서 심정 상의 차이는 있겠지만 이는 어디까지나 자기중심적인 생각에서이다. 꽃한 송이, 풀 한 포기가 소중한 생명체임을 잊은 채 식물계를 내려 보는 인간 지배의 패러다임에서 생긴 착각일 것이다.

당나라 초기의 진숙달陳叔達은 향기 좋고香, 아취가 있으며雅, 작고 오밀조밀하고細, 담백하고淡, 청결하며潔, 촘촘하고密, 달밤에 바라보기에 알맞으며宜月夜, 머리에 꽂기에 알맞고宜綠鬢, 백주 마시는 자리에 어울리는宜白酒 꽃이 가장 아름다운 꽃이라 하였지만 이는 낭만에 취한 문객의 한낱 실없는 말장난이자 실담이 아닌지.

식물이 음악에 반응을 한다는 것이 과학적으로 밝혀지고 있다. 음악이 식물의 딱딱한 세포벽을 두드리면 안쪽에 있는 세포막이 떨려서 액체인 세포질을 자극한다는 것이다. 이렇게 음악을 들려주면 잎 속에서 아미노낙산amino 酪酸인 가바GABA와 플라보놀 배당체flavonol 配糖體의 일종인 루틴rutin이 2~3배까지 증가하고, 이 성분으로 해충의 대사를 교란시키는가 하면, 심지어는 신경 계통에 자극을 주어 알을 적게 낳게 하여 종국적으로는 생명을 단축시키게 된다는 것이다. 그런가 하면 식물도 좋아하는 음악이 있고 싫어하는 음악이 있다고 한다. 좋아하는 음악을 들려주면 건강하게 더 잘 자라고 병충해에 강할 뿐만 아니라 열매도 더 달고 맛있다고 한다.

일부 종족 사이에서는 오래전부터 음향개화音響開花 sonic bloom라는 풍습이 있었다. 미국 남서부에 위치한 애리조나 주 일대에 사는 인디언들은 옥수수 개화기가 되면 밭에 모여 건실한 꽃을 개화시켜 달라고 노래

다시 보는 차 문화

를 불러 준다. 그뿐 아니라 식물들은 벌레 등의 공격을 받으면 이웃 꽃에게 가스나 호르몬 등으로 경고 신호를 보내기도 한다니 실로 경이로운 일이 아닐 수 없다.

분자생물학의 경이적인 발전으로 식물계의 지각력이 계속 밝혀지고 있다. 심지어 영국의 식물학자 애튼버러David Attenborough가 저술한『식물의 사생활The Private Life of Plants』에 의하면 식물은 무엇을 볼 수도 있고 계산도 하는가 하면 서로 의사소통을 한다고 한다.

그래서 내시Roderick Frazier Nash는 그의 저서『자연의 권리-환경윤리의 역사The Rights of Nature-A History of Environmental Ethics』에서 인간과 동물, 식물 심지어는 무생물에 이르기까지 자연계의 모든 것은 평등하다는 이른바 환경 윤리를 제시한 바도 있다.

우리의 차 문화가 지향하는 이상이 궁극적으로는 자연주의에 기초한 정신세계에 있음을 비추어 볼 때, 오늘날의 찻자리꽃은 마땅히 재론되

찻자리꽃

어야 하지 않을까? 자연에서 행복하게 자라야 할 아름다운 꽃들이 아무렇게나 잘리고, 뜯기고, 찢기고, 휘어 감긴 찻자리꽃을 볼 때마다 자연과의 조화를 이상으로 하는 차의 세계와 너무 상반되는 황당한 행태에 놀랄 뿐이다. 생명체로서 최소한 보호받을 수 있도록 찻자리꽃에 대한 환경 윤리적 배려와 인식의 전환이 필요하다.

  찻자리는 우리의 생활 공간을 한정된 범위 안에서 인위적으로 자연 상태로 회귀시켜 수신하고자 하는 작위적 공간이기 때문에 그 공간 구성은 물 흐르듯 자연스럽고 단순하고 소박하여야 한다. 이것이 바로 차실茶室의 미학이다. 꽃은 찻자리를 장식하기 위한 것이 아니다. 찻자리에 자연을 끌어들이고 나아가서 꽃의 아름다움과 짧은 삶의 환희와 조락을 보면서 마음속의 나自我를 사유思惟하고자 하는 것이다.

  일본의 차 문화를 완성한 센 리큐千利休. 1522~1591는 "차실의 꽃은 한 가지 색으로, 한 가지枝나 두 가지로 가볍게 하는 것을 규범으로 한다." 면서 "꽃은 들에 있는 것처럼" 하여야 한다고 하였다. 정작 스스로는 유채꽃 한두 가지로 찻자리를 꾸몄다고 한다. 그런가 하면 꽃그릇花器 또한 값비싼 것을 멀리하였다. 어느 날 고향인 사카이堺의 외진 길을 산책하던 중, 때마침 남루한 차림으로 길가에 앉아 구걸하는 거지가 사용하고 있던 보잘것없는 표주박을 보자 그에 매료되어 돈 몇 푼을 주고 사와서 차실의 꽃그릇으로 사용하였다는 일화가 있다. 어떤 까닭으로 걸인의 낡고 불결한 표주박을 샀을까. 그리고 그토록 신성시하는 차실의 꽃그릇으로 사용했을까?

  절지折枝와 꽃가지 수를 한두 가지로 최소화한 절제된 마음, 그리고 가난과 쓰라린 인생의 흔적이 고스란히 담긴 표주박에서 삶의 이치를 깨치려 했던 것이 아닌가 한다. 진정한 차의 마음을 읽는 듯하다.

꽃은 그토록 아름답게 태어나서 왜 박명하는 것인가. 해충과 동물의 먹이가 되기도 하고 한편으로는 부귀와 영화의 상징으로 잠시 사랑받다 쓰레기 더미에 버려진다. 가냘픈 꽃 한 송이가 찻자리 한 모서리에서 소박한 미소를 짓고 있다. 꽃은 새 생명의 탄생을 알리는 대자연의 언어이다. 아름다운 색으로, 맵시로, 그도 모자라 향긋한 내음을 뿜어내는 등 온갖 교태를 부려 가면서 새 생명의 탄생을 보장받는다. 이를 짓밟는다면 얼마나 가혹하겠는가.

근래에 와서 찻자리꽃의 규모가 커지고 소재가 다양해져 가는 추세이다. 대량 소비 시대의 트렌드이거니 하지만 주된 원인은 서구 홍차 문화의 영향이 아닌가 한다. 홍차 차실에서의 꽃은 부귀와 명예, 그리고 풍요와 사치의 상징으로 장식 문화의 발전에 편승하여 필수적 장치 요소로 자리한 지 오래이다. 심지어는 티 테이블의 센터피스로 중심적인 역

야생화 화단에서의 찻자리

할을 연출하기도 한다.

그러나 우리의 차 문화는 소담과 은둔, 풍류와 한거閑居로움에 있다는 것을 잊어서는 안 된다. 호화롭고 사치스러운 공간은 우리의 전통적 차 문화에서 거부되어 왔기 때문이다. 나는 꽃의 손상을 피하면서 찻자리 꽃을 들여놓을 수는 없을까 하는 궁리 끝에 차실의 꽃꽂이를 대신하여 야생화를 분盆째 이용하기도 하고, 옥상의 야생화 화단에 마련되어 있는 작은 평상에서 친지를 맞이하거나 가족과 함께 차의 덕성을 음미한다.

도시의 소음은 비록 범속하지만 은일隱逸한 기품을 만끽하면서 오늘도 하루를 보낸다.

다시 보는 차 문화

난세의 생존 철학과

차의 정신

중정, 검, 와비

차의 정신을 우리나라는 중정中正이라 하고, 중국은 검儉, 일본은 와비
佗び라고 말한다. 차의 이상을 나타내는 말이기도 하다.

우리나라의 중정이라는 말은 중국 명나라 때 장원張源이 1595년에 지
은 『다록茶錄』을 모환문毛煥文이 『만보전서萬寶全書』 「채다론採茶論」에 실은
235년 후인 1830년에 초의선사草衣禪師가 '다신전茶神傳'이라는 이름으로
초록 개명抄錄改名한 다서에서, "불가늠火候을 할 때 불기가 너무 약하면
물의 성질이 유약해지고, 유연하면 물이 차를 가라앉히며, 불기가 너무
세면 불의 성질이 극렬해져서 차가 물을 억누르게 되는바, 이는 모두 중
화中和, 中正가 부족함이니 차 다루는 이의 갖출 바가 아니다皆不足於中和 非
茶家要旨也."라고 하였다. 따라서 차를 우릴 때泡法에는 반드시 찻잎과 물
의 많고 적음을 알맞게 가늠하여 중정을 잃지 않아야 한다不可過中失正고
하였다.

그 후 1837년에 지은 우리 차의 성전이라 할 수 있는 『동다송東茶頌』에

「다신전」과 「동다송」

서, "물體과 차神가 비록 온전하다 하여도 오히려 중정 지나칠까 두렵고, 중정을 잃지 않으면 신령스러움이 아우러진다體神雖全猶恐過中正 中正不過 健靈併."라고 하였다. 이와 같이 물과 차가 연출하는 현묘한 자연의 조화와 이치를 과유불급, 즉 지나친 것이나 모자라는 것이 다 같이 좋지 않다는 균제均齊와 중용中庸의 사상인 중정을 1977년 1월 15일 다솔사多率寺 다인 모임에서 한국의 다도 정신으로 정하였다. 그로부터 우리 차 문화의 정신은 중정으로 고착되었다.

　이와 같은 균제와 중용을 중심 개념으로 하는 중정 사상에 토를 달고 싶은 생각은 추호도 없지만 군이 한마디 덧붙여 말한다면, 중정은 우리 민족의 정신문화사를 통해서 볼 때 좋은 점과 그렇지 못한 점이 동시에 함축되고 각인된 사상이라는 것이다. "더도 말고 덜도 말고"라는 말이 있다. '더'는 한도를 넘는다는 의미인 데 반하여 '덜'은 한도에 미치지 못

다시 보는 차 문화

한다는 크기와 무게의 개념이고, 한편으로는 더는 '앞서 가다'를, 덜은 '뒤처지다'와 같은 거리와 시공의 개념이 아닐까 한다.

언제나 무슨 일이든 중간에 지고지선의 행복이 있다는 이 말 속에는 커다란 메시지가 그려져 있다. 남의 앞에 나서지도 말고 그렇다고 뒤에 처지지도 말고 중간쯤의 위치에서 처신하며 살아야 한다는 수동적인 생존 철학인 것이다.

과거의 인습보다는 전통성을 살리면서, 외향적이고, 의례적인 것, 수행적인 것, 예술적인 것, 이 다섯 가지의 요인이 상호 보전해 나가는 종합적인 문화 체계이며 전향적인 차의 이념이자 정신으로 승화되었으면 하는 바람이다. 다만 이를 보완하는 방안으로 우리 차 문화의 문화적 의미를 높이고 실천 철학으로서 그 규범에 적합한 이론적·정신적 배경을 설정하여야 할 것이다.

"어떠한 일이든 중간쯤에 행복이 있다a happy medium in everything."라는 것은 중용 행복론이라고나 할까, 아니면 위기 극복의 생존 철학이 아닌지. 중국차의 이념인 검을 받쳐 주는 윤리적·도덕적 실천 규범이 정精·행行·검儉·덕德인 데 대하여 일본은 와비 이념을 화和·경敬·청淸·적寂이 떠받치고 있는 이치와 같은 것이다. 이와는 달리 우리의 차 정신은 이념과 도덕이 같이 혼재하고 있다. 보다 구체적인 실천 규범이 빨리 만들어져서 올바른 전통문화의 발전이 이루어질 수 있도록 하였으면 한다.

우리 민족사가 지나온 길은 실로 험준한 길의 악순환이었다. 지정학적인 여건과 풍토적 특성으로 인하여 몽골의 외침이나 임진왜란과 같은 외환의 공포에 떨어야 했고, 대내적으로는 자연재해와 현실 사회에 대한 불만으로 인한 농민 봉기와 갈등, 당파 싸움 등과 같은 시기 및 욕망과 야심, 모반과 권력욕, 저항, 빈곤과 신분의 세습화, 정치·사회적 격변에 따른 불안이 사방에 도사려 있던 그야말로 내우외환으로 도장된 듯한 역사였다. "귀양이 홑벽에 가려 있다"는 우리 속담처럼 절박한 사회·정치적 혼미 속에서 난세를 극복하는 수단으로 어느 한쪽에 치우침이 없이 살아야 한다는 중정 사상에서 구한 것은 『다신전』과 『동다송』이 갖는 소담한 현실 철학의 한 단면인 듯하다.

중국차의 정신

중국차의 정신은 육우의 『다경』 중 차의 근원 편에서 언급된 "차 마시기에 가장 알맞기는 행실이 바르고 검소한 덕을 갖춘 사람이다爲飮最宜 精行儉德之人."에서 비롯된 것이다. 육우는 이상의 말에서 검덕한 사람이 마시기에 알맞다는 말로써 차의 이념을 '검儉'에 두고 있음을 알 수 있다. 이와 같은 육우의 차 이념은 차 연구가들의 정설로 되어 있으나 이를 뒷받침하는 윤리적·도덕적 규범을 화和·경敬·염廉·미美 또는 중용中庸·겸화謙和·명륜明倫·검덕儉德과 청화淸和·검약儉約·염결廉潔·구진求眞·구미求美에 두는 사람도 있다. 그러나 대부분은 『다경』에서 제시된 정精·행行·검儉·덕德에 따르고 있다.

그러면 육우 사상이 태어나기까지의 역사적이고 사상적인 배경은 어디에 있었을까? 중국은 4천 년 역사상 유난히도 모진 환란에 시달려 온 나라이다. 하夏나라를 거쳐 은殷이 망하고 주周나라는 춘추 시대春秋時代에서 기원전 5세기부터 3세기에 걸친 전국 시대戰國時代로 옮겨 가면서 칠웅七雄이라는 이른바 일곱 제후가 존황양이尊皇攘夷의 명분을 내세워 패권을 벌이게 된다. 이 제후들은 부국강병에 힘을 쏟으면서 한편으로는 유능한 인재와 새로운 정치 사상을 바랐기 때문에 제자백가諸子百家라고 하는 많은 사상가와 학파가 생겨났다.

　개인의 도덕을 천하에 넓힘으로써 이상적인 사회와 평화를 실현할 수 있다고 한 유교는 공자를 시조로 하여 인仁·의義·예禮·지智·충忠·효孝·신信·애愛·화和·중中을 사회생활의 공통된 기본 이념이자 범주로 하고 있으며, 그를 이은 맹자 역시 공자의 주장을 넓히면서 성선설을 주창하고 덕으로 정치를 하여야 한다는 왕도 정치를 주장하였다. 이는 중국 사상의 뿌리이자 우리나라와 일본에까지 지대한 영향을 미친 사상이기도 하다. 순자는 성악설을 주장하였으나 그의 제자 한비자는 국가 통제의 기본을 법에 의해야 한다고 주장함으로써 전제 정치를 받쳐 주는

육우

이론을 내세웠다. 그런가 하면 노자와 장자 등의 도가道家는 인위人爲를 배척하고 작은 국가小國寡民를 이상으로 하였다. 또한 묵자는 군주의 이기심에 의한 전쟁을 가장 큰 악이라고 하여 맹비난하였다.

이 밖에도 모든 사물을 목·화·토·금·수의 다섯 가지 요소로 설명하고자하는 음양오행설陰陽五行說, 손자 및 오자의 병법 등 헤아릴 수 없이 많은 주의 사상이 난무하였으나, 이 무렵에 태생한 유교와 도교는 그 후 불교가 선종禪宗으로 변신하면서 부분적으로 이들을 수용함으로써 이른바 삼교 문화가 형성되어 중국은 물론 그 인접 국가의 사상 세계에도 엄청난 영향을 미치게 된다. "문화의 위대한 순간은 도덕적으로는 패덕敗德의 시대요, 문화의 위대한 시대는 정치적으로는 몰락의 시대이다."라고 한 니체의 말과 같이 백가쟁명의 이면에는 언제나 난세의 그늘이 있었다.

북방 흉노들의 외침, 끊이지 않는 대기근, 적미赤眉의 난, 중국 4천 년의 역사를 농간한 기괴한 환관 집단의 음모와 횡포, 황건적黃巾賊의 난, 팔왕八王의 난, 영웅들의 군웅할거, 수다한 농민 봉기, 측천무후則天武后의 잔인한 섭정 등 끊임없이 이어 내려오는 불안과 공포, 특히 육우가 『다경』을 집필 중일 때 일어났던 안녹산安祿山의 난을 직접 보고 겪으면서 어떻게 하는 것이 난세에 사는 방법인지를 깊이 생각하게 되었을 것이다.

마을 앞을 지나는 공포에 질린 처참한 피난민 대열을 보고 지나칠 수 없어 차를 달여 내기도 하고, 절박한 전황을 수소문하면서 가장 이상적인 인간상은 정·행·검·덕이며, 그런 사람만이 대란에서 살아남을 수 있을 것이라고 생각했을 것이다. 특히 차야말로 품행이 단성하고 절검

節儉의 미덕을 지닌 사람이 마시기에 알맞은 정신적인 마실 거리라는 데에 착안한 듯하다.

차의 소박한 품덕은 사람으로 하여금 절검 정신을 일깨우는 마실 거리이기 때문이다. 육우는 『다경』에서 차의 성질이 매우 차갑다고 하였는데, 이는 차가 약성 이론藥性理論상 한량하고 음성에 속한다는 말로서 열을 다스리기 때문에 좋은 의미로는 수행에 정려精勵하는 승려나 수신修身을 위해 참선하는 사람들에게 아주 이롭다는 뜻이다. 또한 넓게는 난세와 혼돈의 시대를 냉철한 지혜와 행동으로 극복하는 데 필수적인 처세훈이자 이상적인 인간상을 말해 주는 마실 거리라는 가르침이 아닌가 한다.

일본차의 정신

일본차의 이념은 와비佗び이다. 와비는 와부佗ぶ라는 동사가 명사화된 말로 '깊이 걱정하다, 한가하고 고요하다, 한거閑居를 즐긴다'는 뜻이다. 이는 고담하고 한적한 경지, 모든 부족함을 긍정적으로 받아들이고 그 경지에 안주하는 것을 이상으로 하는 마음가짐을 일컫는다. 즉 일본의 차 정신은 자기의 부족함을 받아들여 낮추고 난세를 피해서 안주하는 것을 이상으로 한다. 이 와비를 떠받치는 규범이자 정신이 선어禪語에서 유래하는 화和·경敬·청淸·적寂이다.

일본 또한 헤이지平治의 난, 도쿠세이 잇키德政一揆, 농민 봉기, 원나라의 1, 2차 침입, 전국 시대의 내홍, 오닌應仁의 난, 막부幕府의 흥망 등 하루도 편할 날이 없는 역사를 배경으로 태어난 차의 이상이라고 할 수 있으나, 우리나라와 중국과는 달리 권력을 장악하고 있던 무사 계층을 차의 세계로 포용하고 다도의 요식화와 대중화를 통해서 전국 시대 이후 메말랐던 국민 정서의 순화에 적극 참여한 데 특징이 있다.

이와 같이 희생·신의·예의·결백·검약·명예·애정·충성을 중시하는 무사도 정신과의 회우會遇로 일본 특유의 실천적 문화로 대성하기에 이른다. 불완전의 미를 추구하는 불균제不均齊, 다도 문화의 밑바닥에 깔린 무無를 나타내는 간소簡素·무심無心·무념無念·유현幽玄·탈속脫俗· 정적靜寂, 이 모두가 무상관無常觀으로 와비의 정치情致를 돋우기에 부족함이 없으리라.

이상과 같이 한·중·일 세 나라의 차의 정신은 사상적으로 전란과 사회적 혼돈을 배경으로 잉태되고 태어났다고 할 수 있다. '중정'은 치우침을 거부하는 균제와 겸손의 사상이고, '검'은 덕을 앞세운 절제의 사상이며, '와비'는 불합리를 수용하는 한거의 사상이다.

『다경』에 의하면 차는 양애음림陽崖陰林에서 자란 것이 좋다 하였고, 중국의 농사 속담에도 고산운무임호차高山雲霧姙好茶라고 하였듯이, 양지바른 낭떠러지 그늘에서 혹은 높은 산 운무를 품고 자라는 차나무일수록 더 많은 유용한 양분과 방향 물질을 함축하는 이치와 같이 험난한 난세가 있었기에 그 덕과 고아한 정신은 우리 인류에게 자양분이 되고 방향제가 되어 온 것이리라.

우리 차 문화의

단면

　우리 차 문화의 현주소를 굳이 이야기하자면 유아기라고 말하고 싶다. 차 문화는 엄연한 종합 문화의 넓은 카테고리에 속하는 학문으로 보기 때문이다. 그렇다면 우리의 차 문화가 처해 있는 현재의 위치는 어디쯤이며, 외국인의 시각에서는 어떻게 비치고 있는지 좀 생각해 보고자 한다.

차 문화의 사학적 연구 분야

　차 문화의 사학적 연구는 외형적으로나마 활발한 연구가 진행되고 있는 몇 안 되는 분야 중의 하나일 것이다. 그러나 우리 차 문화사는 사학적 연구의 미흡으로 역사의 편린들이 모자이크되는 실정이라고 할 수 있다. 다도사 연구의 파행을 미연에 방지하기 위해서라도 역사학계의 참여를 유도하여 어떤 자기류나 아집에도 편향되지 않은, 보다 대승적이고 전문화된 다도사 연구가 하루빨리 이루어져서 훌륭한 우리의 전승 차 문화의 역사적·종합적 이론 체계를 확립해 나가야 할 것이다. 이와 연관하여 몇 가지 사례를 들고자 한다. 다만 이 사례는 진위와 잘잘못에 앞서 자성의 계기로 삼고자 하는 데 그 의의가 있다.

세계적으로도 명성이 높고 일본 다서 출판계의 대명사라 할 수 있는 단코샤淡交社가 설립 50주년을 맞이하여 출간한 『다도학대계茶道學大系』에 의하면 "조선의 끽다 문화에 대해서는 별로 알려진 바가 없다. … 근 백 년간에 걸쳐서도 연구 논문은 적으며 아직 이렇다 할 정립된 견해도 제시되지 않고 있다." 그런가 하면 중국의 차 연구가 장젠리張建立는 일본판 그의 저서 『다도와 차의 예의범절茶道と茶の湯』에서 한국의 "K씨의 말에 의하면 한국의 전라남도 나주군 다도면 즉 다도라는 말을 사용한 지명이 있어, 그는 이를 다도 한국 기원론의 근거로 하고 있으나 이 다도면이라는 지명이 언제부터 사용되기 시작하였는가에 대해서는 명확한 언급이 없었다. 그래서 조사해 본 바에 의하면 다도면이라는 지명이 있는 것은 확실했으나, 그것은 얼마 되지 않은 새 지명으로, 1914년 행정 구역 개편 때 다장면茶庄面과 도천면道川面이 합병된 후 붙여진 지명이라는 사실을 알게 되었다. 즉 두 면의 머리글자를 따서 다도면이라는 새로운 이름을 붙이게 된 것이다."라면서 다도면은 다도와는 전혀 무관한 것이라고 하였다.

앞의 다장면은 다소면茶所面을 잘못 알고 한 말이다. 이어서 그는 "조선반도의 차 문화에 관한 사료는 적고, K씨가 그의 저서에서 소개한 사료를 보면 그 내용은 대부분이 육우의 『다경』을 비롯하여 중국의 다서를 그대로 인용한 것뿐이다."라고 하였으니 어찌 보면 우리 차 문화의 치부를 보는 듯하여 씁쓸하기만 하다.

역사는 사료에 의해 사실史實을 인식해야 하는 것으로 사료의 절서한

탐사, 수집, 정리, 해석 등을 통한 실증적 기초 위에서 학문적으로 체계화해 나가야 하는 것이다. 역사를 멀리한 차 문화가 과연 민족 문화로서 정립될 수 있을 것인가? 아니면 왜곡된 사실이 외국인에 의해 제기될 때 이를 어떻게 해야 하는 것인지 당혹스럽기만 하다.

차나무의 식물학적 연구와 그 인지도

차 문화는 차 산업의 성쇠와 함수 관계에 있다고 할 것이다. 다시 말하면 차 산업의 발전이야말로 우리 차 문화를 계승·발전시켜 나가는 바탕이 될 수 있는 것이다. 이 바탕이 되는 차 산업을 육성해 가는 데는 식물학적 연구가 기본이다. 건강하고, 맛좋고, 유효 성분이 많으면서 단위 생산량이 높은 품종을 개발하여 많은 국민들이 차 생활을 경제적으로 저렴하게 즐길 수 있어야 한다.

우리는 지금 많은 양의 차를 정상적인 수입을 통해서 또는 여행자의 행낭을 통해서 접하고 있다. 과연 우리 몸에 해는 없는 것인지, 이물질 혼합이나 제품의 사양과 상이한 차는 아닌지 심히 걱정스럽다. 이러한 걱정도 덜고 국민 보건을 위해서도 식물학적 토대 위에서 차의 생산을 대폭 확대해 나가야 할 것이다.

우리나라 차 생산량은 2002년 현재 연간 2,155M/T으로 세계의 다른 생산국과는 도저히 비교할 수 없는 수치를 보이고 있다. 2009년 FAO유엔식량농업기구가 발표한 세계 차 통계를 보면 총생산량은 3,950,047M/T으로 그중에서 중국 1,375,780M/T, 인도 800,000M/T, 케냐 314,100M/T, 스리랑카 290,000M/T, 터키 198,600M/T 등에 비하면 산업 규모가 작은 데 놀랄 뿐이다. 세계 유명 대백과사전 등에 수록된 자료를 보면 한국은 차에 관한 한 비생산국인 셈이다.

『세계대백과사전』平凡社, *World Book* World Book, *New Standard Encyclope-dia* Standard Educational Corporation, *Britannica International Encyclopedia* Britan-nica, 『중국차엽대사전』중국경공업출판사 등 세계 유수의 도서 어디에도 우리나라에서 차가 생산되고 있다는 말은 없다. 몇 해 전에 친지 한 분이 일본을 다녀와서 하는 말이 찻자리에서 한국의 차 이야기를 했더니 주위의 일본 사람들이 한국에서도 차를 마시느냐, 다도가 있느냐며 의아해하더라는 것이다. 산업적인 위치가 취약하고 학술적인 연구가 미흡한데다 음다 인구마저 적다 보니 국제적으로 인지도가 낮을 수밖에 없다.

생산량을 늘리기 위해서는 재배 규모의 확대와 획기적인 육종 사업을 통해서 다수확, 내한, 병충해에 저항성이 강하고 우리 풍토에 맞는 우량 품종을 개발하여야 한다. 그나마 유일하게 우리나라에 하나밖에 없는 차 시험장이 각고 끝에 2001년 처음으로 개발한 신품종 '보향', '명선', '참록'을 효시로 2002년에 '미향'과 '선향'을, 2003년에는 '오선'과 '진향'을 개발한 바 있어 자못 고무적인 일이라 생각한다. 그러나 차 산업의 첨단을 달리고 있는 일본의 경우 지금으로부터 59년 전인 1953년 '베니호마레べにほまれ'를 시작으로 하여 1997년 현재 47종의 신품종이 농림수산성 등록 품종으로 등록되어 있을 뿐 아니라, 그 밖의 부현府縣에서도 20여 종의 품종을 장려 품종으로 지정하고 적극 보급함으로써 1999년도 우리나라의 ha당 단위 생산량이 평균 947kg인 데 비하여 1,795kg으로 케냐에 이어 세계 제2위의 위치에 있는 실정이다. 이 밖에도 중국, 인도, 인도네시아, 스리랑카, 케냐 등도 앞다투어 품종 개량에 힘쓰고 있다.

차의 이화학적 접근과 다용도 이용의 개발

우리 차 문화의 전통 계승이라는 문화적 가치관의 보존도 중요하지만 보다 적극적인 이화학적 접근과 차를 소재로 한 다용도 상품의 개발을 통하여 공해에 시달리고 질병에 멍들어 가는 지구 규모의 재난 극복에 적극 기여할 수 있도록 차과학을 발전시켜 나가야 한다. 한정된 좁은 국토에 자원도 없는 나라에서 한강의 기적을 이룬 신화처럼 말이다.

2004년 들어 『차의 세계』사에서 녹색차운동을 제창하여 추진 중이나 이렇다 할 성과는 거두지 못한 실정이다. 이 사업이 효과적으로 추진되려면 무엇보다 이화학적 연구 성과를 기반으로 해야 하는 것이기 때문이 아닌가 한다. 외국에서는 이미 차를 이용하여 백혈병, 항암제, 화분증花粉症, 알레르기, 항균, 강심제 등 의약품은 물론 환경친화적인 화학 합성법, 오염 방지 합성법 등으로 유해 물질을 쓰지 않은 21세기형 화학 물질이 개발되고 있다.

마이클 캐슬먼Michael Castleman은 그가 저술한 『새로운 약용식물The New Healing Herbs』에서 차를 "전통적 본초학과 현대 과학의 균형을 잡아 주는 식물"이라 하였고, 페넬로프 오디Penalope Ody는 『식물성 약품Plant Medicine』에서 "천연의 가정 치료약"이라고 하였듯이 차의 이화학적 개발은 생명 공학과 연계되는 미래 산업의 총아라고 할 수 있다.

다른 한편으로는 차의 다양한 이용을 통하여 우리의 생활 환경과 건강을 함께 지키는 식품과 산업의 원료로 각광받고 있다. 국내외를 막론하고 이미 개발되었거나 개발 중에 있는 분야를 보면 대략 다음과 같다.

- 식용 : 국수 / 빵 / 떡 / 엿 / 껌 / 기타 과자류(한과, 다식 포함) / 반찬 첨가물 / 식용유 / 두부
- 음료 : 각종 드링크
- 의료용 : 항암제 / 알레르기 경감제 / 강심제 / 화분증 / 항충치제 / 두통 치료제
- 공업용 : 염색제(의류, 침구류 포함) / 탈취 / 항균제 / 식품 산화 방지제
- 관상·조경용 : 분재 / 담장 조경 / 식물 생장 조절제
- 화장품 : 샴푸 / 린스 / 로션 / 화장지 / 크림 / 비누 / 탈모 방지제 / 녹차 목욕 파우더 등

우리나라의 경우 극히 한정된 수의 차 제조 업체나 음료 전문 업체에서 드링크류 몇 가지와 제과업소에서 첨가 재료로 일부 사용하고 있는 정도인 데 반해 많은 차 생산국에서는 차를 이용한 상품 개발에 심혈을 기울이고 있다. 한 예로 2003년 일본 시즈오카 현靜岡縣 다업회의소에서 조사한 「차다용도이용조사보고서」에 의하면, 음용 형태를 개선한 식품 98건, 차에 타 재료를 혼합한 식품 17건, 차를 식료품 원료의 소재로 사용한 것 144건, 식품 이외의 타 용도로 이용한 것 94건 등 모두 353건의 많은 상품이 이미 일상생활 속에 광범위하게 자리 잡고 있음을 알 수 있다.

이상은 우리 차 문화의 한 단면만을 들춰 본 것이지만 종합 문화적 규범에서 볼 때 여러 분야에 걸쳐 연구 발전시켜야 할 과제가 요원함을 느낀다.

국가적 프로젝트로 체계적이고 집중적인 연구 개발에 나섰으면 한다.

화전놀이와
식용화

먹는 꽃. 제일 먼저 떠오르는 것은 화전놀이이다. 고려 시대부터 즐겨 왔던 우리 고유의 풍습이다. 이후 봄기운이 완연해지는 삼짇날이 되면 교외에 나가 화전花煎을 부쳐 먹고 가무를 즐기는 화전놀이는 조선 시대에도 계속되어 왔다. 화전놀이는 왕실에서부터 민가에 이르기까지 모두가 즐기는 봄놀이였다. 조선 시대 궁중에서도 봄이 오면 비원의 옥류천가에서 중전을 모시고 진달래꽃을 얹어 화전을 부쳐 먹으면서 봄맞이 놀이를 즐겼다고 한다.

바깥출입이 자유롭지 못했던 아낙네들은 날씨가 온화해지고 산과 들에 새싹이 돋고 꽃이 피기 시작한 삼짇날이 되면 야외에서 이웃과 더불어 화전을 부쳐 먹고, 화전가를 부르며 흥겨운 시간을 보냈다. 화전놀이를 즐기는 순간만큼은 제약된 삶을 잊고, 산야의 맑은 공기에 취해 자유로움을 맘껏 맛보았을 것이다.

홍석모洪錫謨는『동국세시기東國歲時記』에서, 찹쌀가루를 무르게 반죽하여 얇게 펴놓고 그 위에 제철에 나는 꽃잎을 장식하여 지진 떡을 화전이라고 정의하였다. 예로부터 우리 조상들은 봄이 되면 진달래꽃잎으로 두견화전과 배꽃으로 이화전을, 여름이면 장미꽃으로 장미화전을 가을이면 황국과 감국 잎으로 국화전을 부쳐 먹었다. 그중 삼월 삼짇날이면 진달래꽃이 만발한 산 중턱에 올라 서로 편을 나누어 화전가를 부르면서 사방에 만발한 진달래꽃을 따다가 화전을 부쳐 먹는 놀이가 최고였다.

　화전은 이름이 말해 주듯이 소재가 꽃이다. 화전 그 최고의 소재는 예쁜 꽃, 청초한 꽃, 은은하면서도 맑은 향을 품은 꽃, 감미로운 맛이 나는 꽃이다. 하지만 이러한 요소에 집착하다 보면 자칫 화전이 '먹는 음식'이라는 것을 잊은 채, 먹지 못하는 꽃으로 화전을 부쳐 먹고 큰 곤혹을 치를 때가 있다. 봄철에 피는 철쭉꽃과 진달래꽃을 그 예로 들 수 있다. 두 꽃은 분홍색에 긴 꽃술과 생김새가 비슷한 데다 개화 시기 또한 비슷하다. 두 꽃이 비슷한 장소에 혼생混生할 경우엔 얼핏 식별을 잘 못하는 수가 있다. 실수로 진달래꽃이 아닌 철쭉꽃을 따다 화전을 부쳐 먹는 경우가 있는데 이때는 여지없이 탈이 난다.

전통 화전

　　　　　　　　　　　　　　　　　　　다시 보는 차 문화

『본초경집주木草經集注』를 저술한 양梁나라의 학자 도홍경陶弘景은 양이 철쭉을 잘못 먹으면 절룩거리면서 죽게 된다고 기록한 것으로 보아 예로부터 철쭉꽃은 식용으로 금기시되어 온 식물이었다. 철쭉꽃에는 그라야노톡신grayanotoxin이라는 독성 물질이 함유되어 있기 때문이다. 일명 밀봉취蜜蜂醉 또는 철쭉중독이라고도 부르는 그라야노톡신을 섭취하면, 3시간 정도 잠복기를 거친 후 징후가 나타난다. 첫 증상은 많은 타액을 분비하거나 발한과 구토, 현기증을 일으키면서 꾸벅꾸벅 졸기도 하고, 공중에 붕 뜬 것 같은 환각 증상을 일으킨다. 조금 더 지나면 언어 장애가 생기고, 저혈압 등의 지각 작용이 일어난다.

티베트, 네팔, 중국 서북 지방 등의 아시아나 콜롬비아, 브라질 등의 남아메리카 고산 지역을 다녀온 여행객들에게서 종종 그곳의 석청石淸을 먹고 식중독에 걸려 고생했다는 이야기를 듣곤 한다. 이는 고산 지대의 벌들이 그 지역에 서식하는 철쭉꽃 꿀을 섭취함으로써 생긴 불상사이다.

예로부터 즐겨 왔던 화전은 꽃에 대한 지식이 부족하여 몇 가지의 꽃만 시절 음식에 그치는 아쉬움이 있다. 수국은 꽃, 잎, 뿌리 등에 고루 유독 물질을 함유하고 있어 먹으면 구토를 일으키거나 혼수상태에 빠지므로 주의해야 할 대표적인 꽃이다. 수선화, 아마릴리스, 은방울꽃, 튤립, 히아신스 등도 식용으로는 무리이다. 하지만 우리 생활 주변에서 안심하고 먹을 수 있는 꽃이 참 많다. 우리 주위에서 볼 수 있는 식용꽃으로는 아카시아꽃, 호박꽃, 국화, 매화, 복숭아꽃, 장미, 살구꽃, 동백, 제비꽃, 벚꽃, 등나무꽃, 민들레, 해바라기 등이 있다. 이외에도 팬지, 베고니아, 재스민, 금어초, 제라늄, 카네이션, 라벤더, 코스모스, 달리아, 금잔화, 앵초, 카모마일 등 일일이 나열하기가 힘들 정도로 많다.

이렇듯 화전을 만들어 먹을 수 있는 화재花材는 봄뿐만 아니라 모든 계절에 우리 주위에서 쉽게 만나 볼 수 있다. 이와 같은 꽃들로 만든 화전이 찻자리에서 차와 함께 먹는 음식으로 자리한다면 그 찻자리는 한층 즐거운 자리가 될 것이다. 다식茶食으로 다양한 계절의 꽃들을 꽃달임화전으로 내놓으면 찻자리는 훨씬 아름답고 창의성이 돋보이는 자리가 될 것이다.

다만 관상용 꽃은 절대로 피해야 한다는 점에 유의해야 한다. 꽃은 관상용과 식용을 목적으로 재배하는 식용꽃의 두 가지로 나눌 수 있는데, 식용화는 식용이 목적이므로 구충제나 농약 등을 사용하지 않아 안전하지만, 관상용 꽃은 그렇지 않은 경우가 대부분이기 때문에 피해야 한다.

식용화와 채소류의 성분 비교

구분	종류	비타민 A	비타민 B₁	비타민 B₂	비타민 C	당질(g)	섬유질(g)
식용화	카네이션	530	0.06	0.14	78	13.3	2.3
	앵초	1,100	0.04	0.12	230	6.7	1.4
	장미	640	0.02	0.11	120	12.6	3.4
	팬지	1,200	0.08	0.15	130	8.4	2.1
	코스모스	1,600	0.06	0.14	25	7.9	1.4
	금어초	270	0.05	0.07	250	6.1	0.9
채소류	토마토	390	0.05	0.03	20	3.3	0.4
	브로콜리	720	0.12	0.27	160	6.7	1.1
	시금치	3,100	0.13	0.23	65	3.6	0.8
	바나나	27	0.04	0.09	16	22.6	0.3
	파슬리	7,500	0.20	0.24	200	6.4	1.5

자료: 일본과학기술청(100g당 함유량)

식용화

　근래 연구 결과로 꽃에는 비타민, 아미노산, 미네랄 등의 영양소가 일반 야채보다 훨씬 많아 감기, 눈의 피로, 노화 예방에 효과가 있다고 밝혀지고 있다. 식용화는 식탁 장식을 겸하면서도 영양을 고루 섭취할 수 있어 애용하는 추세이다. 영양소가 많다고 알고 있는 채소류와 주변에서 손쉽게 접할 수 있는 식용화의 성분 비교가 이를 증명해 준다.

　브로콜리와 팬지를, 토마토와 카네이션을 견주어 보면 식용화의 매력을 단번에 가늠할 수 있다. 최근 홍차 문화권에서는 식용화가 티테이블 세팅과 레시피 소재로 다양하게 이용되고 있다. 이에 반해서 우리 찻자리는 솔꽃가루나 오미자, 콩가루, 깨 등을 재료로 하여 모양을 만든 다식을 대표로 하는 과정류菓飣類와 떡이 일반적이다.

　전통의 멋과 더불어 현대적인 요리법이 어우러진 다양한 화전을 찻자리 음식으로 일상화한다면 한층 풍성하고 아름다운 찻자리가 될 것이다. 식용화를 찻자리에서 만나게 되는 날이 오기를 기대해 본다.

대나무와
차나무의 만남

　중국차 이름에는 향香을 나타내는 표현의 방법이 다양하다. 이는 중국 차의 특징 중 하나이자 매력이기도 하다. 난蘭, 재스민, 금목서金木犀와 같은 꽃 계통이나 복숭아와 밀감 같은 과일 계통, 아니면 나무나 풀과 같은 초목 계통 등을 들 수 있다.

　육우 시대에 헌상차獻上茶로 '고저자순顧渚紫笋'이 있었다. '고저'는 저장 성에 있는 산지의 산 이름이고, '자'는 찻잎 중에 자줏빛을 띤 싹이 섞여 있었다고 하여 사용한 말이다. 그리고 '순'은 차에서 죽순향이 난다 하여 붙인 것이다. 이를 정리해 보면 "고저산에서 나는 자줏빛 섞인 찻잎으로 만든 죽순향이 나는 신묘한 차"라고 풀이할 수 있다. 얼핏 생각하면 무위자연無爲自然의 노장풍류老莊風流가 풍미했던 시대에 생긴 멋스러운 이름이려니 생각도 해 보지만 그것만도 아닌 듯하다.

　고저자순의 죽순향을 귀히 여겨 진상했다 하니 범상한 일이 아니다. 속설에 의하면 그 해답은 이렇다. 식물은 뿌리로부터 수분이나 양분을 빨아들일 때 일단 제 뿌리에서 제 몸의 수분과 양분을 조금 뱉어 낸 후

　　　　　　　　　　　　　　　　　　　　　　　　　다시 보는 차 문화

에 흙에 있는 물 등을 흡수한다. 이때 타 식물과 뿌리가 닿아 있거나 엉켜 있으면 그 식물의 향이 밴 액을 흡수하게 된다. '고저자순' 산지와 인근에는 대나무가 많이 자생하고 있다. 대나무는 뿌리가 횡근성橫根性으로 손가락처럼 촘촘히 뻗는 데 반하여 차나무는 직근성直根性이기에 대나무 뿌리가 차나무 직근에 엉켜 있으리라는 것은 상상하기에 어렵지 않은 일이다. 대나무향이 차나무에 스며들 만도 하다.

우리 주변에 많은 사람들은 대밭에 자라는 찻잎을 따서 만든 차를 죽로차竹露茶라고 하여 귀히 여긴다. "반음반양半陰半陽의 대나무 밑에서 자라면서 대나무에 맺힌 아침 이슬을 받아 머금고 자란 찻잎으로 만든 차"이기 때문이라는 것이다.

신선설神仙說에 의하면 불사신인 신선은 이슬을 먹고 산다 하였다. 또한 무병장수의 상징수인 대나무의 순수무구한 정령과 신선이 만났으니 무엇이 부족하겠는가.

대나무와 차나무는 절대 가연佳緣인 듯하다.

운흥사,

차나무 그늘에서

초의선사草衣禪師, 1786~1866를 우리는 흔히 다성茶聖이라고도 부른다. 다성의 의미를 사전적으로 풀이하면 '먼 후세에 이르기까지 모든 사람의 추앙을 받는 지덕과 인품이 빼어난 다인茶人이자 스승'이라고 풀이할 수 있다.

우리는 어찌 초의선사를 다성이라고 부르는 것일까? 선사는 경장經藏, 율장律藏, 논장論藏의 삼장에 통달하고 시와 서화와 범패梵唄 같은 문학과 예술에도 남다른 소양이 깊었던 선승으로, 다산茶山 정약용丁若鏞, 추사秋史 김정희金正喜, 자하紫霞 신위申緯, 연천淵泉 홍석주洪奭周, 해거도인海居道人 홍현주洪顯周, 소치小痴 허유許維 등 수많은 당대 석학들과 교우하면서 지식과 인격을 쌓았을 뿐만 아니라, "차와 선이 별개의 둘이 아니고 시와 그림이 둘이 아니며 시와 선이 둘이 아니다."라는 제법불이諸法不二를 주창하였다. 또한 종교적 기속羈束을 초월한 실학적 접근을 통하여 많은 사람을 깨우쳤고, 조선조의 불교 탄압 정책과 조정과 관청에 바치는 공차의 악폐 때문에 쇠퇴해 가던 차 문화를 개탄했다. 이를

다시 보는 차 문화

구제하기 위하여 명나라의 장원이 지은『다록』중『만보전서』에「채다론」으로 실렸던 부분을 초록 개명하여『다신전茶神傳』을 펴내어 많은 사람이 오묘한 차의 선미禪味를 가까이할 수 있게 하고, 우리 차의 우수성과 정체성을『동다송東茶頌』을 통하여 밝힘으로써 민족 문화의 자긍심을 일깨우게 하였다. 이 책들은 오늘에 이르기까지 우리 차 문화의 고전이자 교본이 되고 있다.

이 밖에도『일지암문집一枝庵文集』,『일지암시고一枝庵詩稿』,『선문사변만어禪門四辯漫語』,『진묵조사유적고震默祖師遺蹟攷』,『초의선과草衣禪課』등은 귀중한 사료로 높이 평가받고 있다. 더욱이 불교를 멀리하면서 승려를 여덟 천민 중 하나로 취급하고 왕사나 국사 제도가 폐지된 조선 시대에 헌종으로부터 대각등계보제존자초의대종사大覺登階普濟尊者草衣大宗師의 사호를 받은 사실만으로도 선사의 학덕과 지행이 얼마나 뛰어나고 훌륭하였는가를 가늠케 한다. 과연 다성으로 추앙받아 한 점 부족함이 없을 성인이다.

초의는 1786년 4월 5일 전남 무안군 삼향면에서 태어났다. 그의 성은 장張씨이고 이름은 의순意恂, 자는 중부中孚, 호는 초의이다. 초의의 가계에 대해서는 자세히 알려진 바가 없고 다만 조선 후기의 무신인 위당威堂 신헌申櫶이 해남 우수영의 수사로 있을 때 초의와 돈독한 관계를 맺은 이유로 초의 사후에 쓴 초의대종사탑비명草衣大宗師塔碑銘과 당대 시문에 밝았던 송파松坡 이희풍李喜豐의 초의선사탑명草衣禪師塔銘에 조금 언급되어 있을 뿐이다.

초의는 열다섯 살이 되던 1800년에 발심이 일어 불가에 들기를 맹세하고 출가하여 전남 나주시 다도면 덕룡산 아래 운흥사雲興寺에서 대덕

大德 벽봉민성碧峰敏性 스님에게 의지해 머리를 깎고 잿빛 가사를 입었다. 왜 하필이면 운흥사로 출가하게 되었을까? 요즘이야 교통이 발달하여 무안과 나주가 지척의 거리이지만, 당시에는 영산강의 여러 나루를 지나고 순탄치 않은 산길을 타야 하는 먼 길이었다. 그리고 무안에서 멀지 않은 해남군 삼산면 구림리에는 수많은 대종사大宗師와 대강사大講師를 배출한 대흥사大興寺가 있고, 장흥군 유치면 봉덕리에는 신라 구산선문九山禪門 중에서 제일 먼저 세워진 가지산파迦智山派의 중심 사찰인 보림사寶林寺가 있음에도 운흥사를 택한 이유는 무엇이었을까?

한승원의 소설『초의』에 의하면, 초의의 고향에 역질이 만연하여 아버지와 어머니를 잃었는데 그 슬픔이 채 가시기도 전에 할아버지마저 감염되어 임종을 앞두고 있을 때, "운흥사로 가거라. 벽봉 스님이 너 오기를 기다리고 계실 것이다. 너와 그 스님하고는 묘한 인연이 있는 것 같다."라는 말을 남긴 데 연유한다고 하였다. 벽봉 스님은 할아버지와 동문수학한 벗이자 초의가 다섯 살 되던 해 강가에서 놀다가 죽을 뻔했을 때 마침 그곳을 지나가다 구출해 주고 장차 불가에 출가시키라는 말을 남기고 떠난 그 스님으로 실로 기이한 인연의 회우가 아닌가.

운흥사는 나주시의 남동부에 있으며 동으로는 화순읍 도암면을, 서로는 봉황면과 마주하고 남으로는 장흥군 유치면과 북으로는 남평읍과 각각 인접하고, 다도면 소재지로부터 남쪽으로 약 3.5km에 위치하고 있다.『덕룡산운흥사사적』과『운흥사진여문중창기雲興寺眞如門重創記』,「도성암육창기道成庵六創記」에 의하면 신라 효공왕孝恭王, 897~912 대의 대승이자 풍수설의 대가인 도선국사道詵國師에 의해서 창건되어 처음에는 도성암道成庵으로, 16세기까지는 웅점사熊岾寺로, 다시 18세기 중반까지는 웅

치사熊峙寺로 불리다가 웅熊 자 아래에 불火을 상징하는 점 4개가 있어 화난이 있다 하여 18세기 후반에 와서 지금의 운흥사로 불리게 되었다. 30여 동의 당우와 20여 곳의 산내 암자를 거느릴 정도로 큰 사찰이었으나, 불운하게도 도선국사가 도성암 터에 초막을 짓고 처음 세워진 뒤로 여섯 차례의 복원과 중창 등의 불사에도 불구하고 조선 시대에 2회에 걸친 대화재로 일부 소실되고 6·25 전란에는 가람이 통째로 소실되면서 폐찰이 되고 말았다.

운흥사 해탈문 조금 못미처 중고개 마을 사람들 사이에 구전되어 내려오는 말에 의하면 조석으로 쌀 씻은 하얀 뜨물이 절 1km 남짓 아래에 있는 지석 굴까지 흘러 내려왔었다고도 하고, 운흥사로부터 얼마 되지 않은 곳에 신비의 천년 고찰 운주사雲住寺가 자리하였는가 하면, 일상적으로 절에 쓰이는 물건을 물물교환하던 장, 즉 승려들의 장이 섰다 하여 오늘까지도 중장터라는 지명이 쓰이고 있는 사실로 미루어 보아 수행자가 많았음을 가늠할 수 있다. 이 중장터는 말 그대로 승려들이 각자 자기 절에서 만든 생산품들을 가져와서 물물교환을 했던 곳이다. 여기에는 화엄사와 내장사, 불회사, 대흥사와 무위사 그리고 송광사와 선암사, 쌍계사 등 남도 지방의 선문禪門 대찰들의 중간에 있었던 지리적인 여건과 당국의 학대를 피하기에 알맞은 궁벽한 산골이라는 이점이 있었기에 장터가 형성될 수 있었다.

그렇기 때문에 이 중장터는 승려들의 휴식처이자 서로의 안위와 가슴앓이를 풀고, 세간의 이야기를 주고받던 통로가 되기도 하였으리라. 이러한 환경 속에서 사미승 생활을 하던 초의는 1804년 열아홉이 되던 해 영암 월출산에서 일락서산월출동日落西山月出東하는 모습에 개오開悟하여 대흥사 제9대 강사인 완호玩虎 윤우倫佑 큰스님의 문하에 들 때까지 약 5년의 짧은 기간이었지만 큰 절의 사미승이자 수행자로서 계행戒行을 지키느라 무척이나 고초가 많았을 것이다.

운흥사 골짜기에서 행자들과 함께 철 따라 야생 찻잎을 따고, 밤새워 덖고 찌고 말려 만들어 부처님에게 차를 올리고, 벽봉 스님의 차 시중을 들면서 차의 수행법과 차의 신묘한 맛과 향, 차가 우리 인간에게 주는 공덕에 대하여 많은 것을 느끼고 배웠을 것이다. 운흥사가 있는 암정리 사람들에 의하면, 옛날에 절 앞에 있는 고랑을 경계로 동으로 중고개, 벼락밭골, 성냥골, 불손재, 막대고랑과 서쪽으로 심방골, 동원암 골짜기에 야생 차밭이 널려 있었다는 것이다. 특히 대웅전과 가람이 집중되어 있던 성냥골 대밭에 밀식되어 있었다는 이야기를 한다.

운흥사에 야생차가 무성했었다는 데는 그럴 만한 연유가 있다. 운흥사와 가까이 있는 보림사에는 도의선사道義禪師가 821년 당나라에서 37년간 백장百丈 회해懷海로부터 배움을 얻어 귀국하면서 차씨를 가져와 심었다는 구전이 내려오고 있다. 보림사 내에 858년 건립된 보조체등선사普照體燈禪師의 탑비문에 헌안왕憲安王이 선사를 만나 보고자 했을 때 차와 약을 보내어 맞이했었다고 새겨져 있는 기록으로 보아도 도의선사의 차씨 전래설은 개연성을 더한다.

근년에 와서는 보림사 주변에서 당나라 때와 같은 고형차인 전차錢茶, 일명 청태전가 만들어졌었다는 사실이 밝혀짐에 따라 학계에 비상한 관심을 모으고 있다. 이처럼 보림사와 운흥사는 지리적으로 아주 가까운 관계로 운흥사가 세워지면서 바로 사찰 일대에 차 씨앗이 뿌려졌을 것이다. 마을 주민에 의하면 운흥사 일대에 무성하게 자라던 차나무는 조선

다시 보는 차 문화

조의 공차貢茶와 일제의 공출供出을 피하려고 베어졌고, 남은 일부는 해방 후에 절 인근 주민들이 땔나무로 사용하여 뿌리째 뽑혀 없어지고 지금은 살아남은 약간의 나무와 후계목, 그리고 20여 년 전에 사찰에서 심은 차나무가 암정저수지를 지나서 맷밭 부근과 중고개, 벼락밭골, 성냥골, 동원암 골짜기에 약 4ha 정도만이 자라고 있다.

벼락밭골과 성냥골 일대를 샅샅이 답사하던 중에 오래된 차나무 몇 그루를 발견할 수 있었다. 우람한 바위 틈새에 뿌리를 틀어박은 채 몇백 년의 풍설을 이겨 내며 살아남은 차나무임이 분명하다. 바위가 차나무의 보호막이 되어 준 것이다. 아마도 초의 스님이 어버이를 잃고 여윈 몸으로 수행하던 사미승 시절의 손때 묻은 차나무, 그로부터 몇 해 지난 후 은사인 벽봉 스님의 병환을 돌보기 위해 잠시 머물면서 정성 다해 차 달여 올리던 그 차나무였으리라. 높이는 약 2.5m, 줄기는 20여 개, 줄기 지름 3cm, 나무둘레 지름 3m의 타원형, 근경根莖은 지름 약 20cm로 줄기는 절단된 근경에서 새로 돋아난 흔적이 뚜렷하다. 초의 스님이 운흥사에서 처음 가사를 입었던 때로부터 약 200여 년이 지났다.

차나무가 다른 나무류에 비하여 아주 느리게 자라는 소엽 저목성 관목임을 감안하더라도 그 당시 차를 만드는 데 쓰였던 나무임이 분명하리라는 생각이다. 나무의 나이 측정에는 여러 가지 과학적인 방법이 있으나 구전도 하나의 측정 방법임을 감안할 때 놀라운 발견이라고 생각한다. 사찰 주변에는 그와 유사하거나 외관상 그보다 더 장성한 나무들이 있었다.

이 소중한 나무들이 분별없는 사람들에 의해서 훼손되기 전에 보존책이 마련되었으면 한다. 아무런 역사적인 의미도, 문화적 가치도 없는 쇠

운흥사 야생 차나무

잔한 나무를 마치 대단한 것처럼 포장하고 왜곡하는 현실 속에서 찾아
낸 유산이 아닌가.

한때는 해남 대흥사의 큰 절이라고 불릴 만큼 가람의 규모가 웅장했
던 운흥사는 수많은 법당과 암자를 거느릴 만큼 사세가 번창하였지만,
현재는 조계종 제18교구인 백양사의 말사로 법당만 복원하고 천수전과
요사채는 임시 건물을 지어 사용하고 있으며 관음전은 평범한 민가형
건물을 사용하는 불운에 처해 있다.

초의선사가 이 볼품없는 몰골을 보고 어떻게 생각할까. 우리 차 문화
의 발전을 위하여 하루빨리 초의선사의 발자취가 복원되기를 기원한다.
선사가 운흥사를 떠난 지 21년이 지난 1824년 늦가을의 어느 날 운흥사
처마 밑에서 소나무 가지에 걸린 새벽달을 바라보며 남긴 시구를 옮기

며 선승을 숭모한다.

소나무와 달

창밖에 너울거리는 소나무와	冉冉窓外松
아름답게 빛나는 솔 위 달이여	妍妍松上月
맑은 소리 어찌 저리 그윽하며	淸響一何幽
환한 빛 어찌 저리 맑을까	澄暉一何澈
정결함과 화사함이 서로 어우러지며	貞華兩相宜
운치와 절조 한 쌍 되어 절묘하다네	韻操雙奇絶
처음에는 애처롭게 비췻빛을 머금고서	始憐含疎翠
옥난간 책상 앞에 비추더니	楊在玉欄闑
나중엔 어여쁘게 싸늘한 가지에 걸려	終愛描寒柯
창문 너머 책 위를 비추네	踰幔侵書帙
교교한 달빛은 몸에 스미고	皎皎淸人髓
서늘한 바람이 뼛속까지 씻어 주네	颯颯凉沁骨
산모퉁이 도니 이미 어두워짐이 염려되어	轉山愁己陰
허공에 별 탈 없기를 빌어 보았구려	度空願無疢
비록 지나는 구름이 가리더라도	縱被橫雲掩
끝내 길이 이 밤 깨끗하소서	終能永夜潔
어찌해 밤은 아직 끝나지 않았는데	如何夜未闌
그 둥근 모습 깊은 산에 감추셨나	團團隱巖嶭
쓸쓸하고 수척한 그림자 길게 늘어지니	蕭蕭廋影長
멀리 이별한 듯 처량하구나	凄凄如遠別

처량하고 또 처량하여라	凄凄復凄凄
가까이 들으니 목메는 소리로다	近聽聲嗚咽
오랜 정만 깊어질 뿐	秖緣舊情深
끝내 인사말조차 못 나누었구나	終不便永訣
시간은 흘러가면 하늘은 맑게 개고	時來逢晴霽
하늘나라 뜬구름도 스러지리니	玉宇浮雲滅
서늘한 산속의 밤은 밝아 오고	耿耿山夜凉
유유히 맑은 모습 떠오르리라	悠悠昇淸質
옥 같은 이슬방울 방울 맺혀서	瀼瀼玉露繁
둥근 네 모양을 말갛게 씻겨 주네	淨洗圓容出
고운 자태에 새로 단장을 더하면	文彩添新翠
광명은 여전히 가셔질 수 없으리	光明殊未缺
처마 끝에 찬 물결 일면	屋角生寒潮
계단에는 작은 돛단배가 새겨지리라	階面鏤輕檝
가을은 더욱 깊어가고	方秋固淡爽
여름보다 한결 청아해졌네	在夏盒淸越
찌는 듯한 고장에도 촛불처럼 비춰 준다면	照燭熱惱鄉
모든 괴로움 씻어 주겠지	盡使休煩喝
텅 비고 밝은 풍모 나와 같아서	虛明襟期合
영원토록 같은 곳에 벌여 있으리라	萬古同處列

차 품평의

선행 조건

차의 품위와 등급을 부여할 필요성이 날로 더해 가고 있다. 외국산 차가 홍수처럼 밀려 들어오고 있기 때문이다. 마치 차의 전국 시대인 듯한 느낌이다.

우리가 마시는 차의 품위를 높여 밀려오는 큰 파도를 막을 물막이 둑을 튼튼히 쌓아야 하지 않겠는가. 그러기 위해서는 소비자의 사랑을 받는 차를 생산해 내는 길이 첩경이다. 맛도 좋고 색과 향도 좋아야 하거니와 마음 편히 마실 수 있는 위생적인 차여야 한다.

차의 품평은 오감에 의존하는 관능심사官能審査를 위주로 하고 있으나, 이 방법은 과학적인 밑받침이 약하고 제한적인 데다 심사 위원의 개인차 등 정확성과 공평성에 문제가 있다고 볼 때 이화학적 품평이 병행되어야 할 것이다. 가장 절실하고 기본적인 문제를 소홀히 하고 있다는 느낌이다.

먹거리의 안전성이 지구적으로 위협받고 있다는 사실이 잊혀지고 있는 것은 아닌지. 먹거리는 우리의 생명을 지탱해 주는 기본이라는 것은 누구나 아는 사실이다. 그렇기 때문에 먹거리의 안정성 여부는 품평의 선행 조건이 되어야 한다.

인류는 지금 인간성 상실의 시대에 살고 있다. 차에 대한 안전성의 문제는 어제오늘의 일이 아니다. 재배와 가공, 보관, 유통의 각 과정에서 야기되는 작위적 위해 요소는 없는지, 과정별 윤리 의식 수준은 어느 정도인지 걱정스럽기만 하다.

이화학적 검사 기준을 통과한 제품에 한해서 품평을 하는 선제 장치가 고려되었으면 한다. 과학적인 품평을 통해서 차의 품질을 공인해 줌으로써 소비자로부터 사랑받는 차로 뿌리내렸으면 한다. 소비자는 맛있고 향기로운 차이기에 앞서 위생적인 차이기를 원한다.

색을 바꾸면

차 문화도 바뀐다

컬러가 제품을 판다는 말이 있다. 그래서 제품이 잘 팔리지 않으면 포장 컬러를 바꾸라는 말이 나올 정도이다. 미국의 색채심리학자인 파버 비렌Faber Birren은 "색상이 인간에게 각각 다른 느낌을 주는데 실제로 상품 판매, 성격, 음식 맛까지 좌우한다."라고 말한다.

한 조사에 의하면 사람이 물건을 사려고 할 때 눈으로 보고 산다. 즉 '보기 좋은 것을 산다'가 87%로 가장 많았고, 다음이 '소문 듣고 산다'가 7%, '만져 보고 산다'가 3%, '냄새 맡아 보고 산다'가 2%, '맛보고 산다'가 1%의 순으로 나타났다고 한다. 소비자가 선호하는 것은 첫째로 보기 좋은 것을 고른다는 이야기이다.

사람에 따라서 개인차가 있겠지만 일반적으로 곱고, 깔끔하고, 단아한 색상이면서 사용상 편리해 보이고, 최소한 실내 분위기에 도움이 되며, 사용 후에도 다른 용도에 쓰일 수 있어 보이는 물건을 말하는 것이 아닐까 한다.

소비 성향이 가장 활발한 연령대인 20대에서 50대는 컬러에 아주 익

숙해 있는 컬러 선호 세대이다. 우리 차 포장 상품의 색채미는 몇 점이나 될까? 포장의 재료나 용기의 형태와 제작 기술 수준은 선진국 수준이라고 생각하지만 색채미는 컬러 세대의 감각에 따르지 못하고 있지나 않은지 모르겠다.

차 제품의 대종을 이루는 녹차를 예로 들어 보자. 녹차는 녹색이라는 판에 박힌 공식이 나온 지도 몇십 년이나 되었다. 자연과 순수 그리고 평화와 희망을 상징하는 친근한 색이 권태롭게 느껴질 때도 있으니 어찌 된 일인가. 회사마다 공들여 만든 우수한 차들이 연년세세 변하지 않는 녹색이라는 이미지에 묻혀 버린다면 그건 참 안타까운 일이다.

외국 포장 용기의 색상은 마치 컬러 만화경이다. 사용 후에도 좀처럼 바로 버리지 못한다. 컬러가 예뻐서다. 그 상품의 브랜드는 아름다운 이미지로 뇌리에 각인된다. 언젠가는 다시 찾을 것이다.

변화를 꺼리는 고정된 컬러만으로 심미안이 날로 변하는 세대와 트렌드에서 살아남기를 바란다면 지나친 욕심일지 모른다. 대담한 연출이 필요하다. 좋은 색은 얼마든지 있다. 화사하면서도 우아하게, 거기다 세련된 디자인이라면 안성맞춤일 것이다.

컬러의 변화는 매출을 유인하고 매출이 오르면 우리 차 산업이 흥성해진다. 그리고 차 인구도 늘어날 것이다. 인구가 늘어나면 산업이 안정되고 차 문화도 우리 국민 모두의 보편적 문화로 바뀌게 될 것이다.

제2부

중국과 일본 차 문화의 재발견

노동의 「칠완다가」에

취하다

40세 나이에 참수된 당나라 선비 노동盧仝

차를 시제詩題로 한 중국의 차시는 당나라 시인 이백李白이 749년에 쓴 오언시 「옥천의 선인장차를 선물한 조카인 승려에게 답한다答族侄僧中孚玉泉仙人掌茶幷序」가 효시이다. 그로부터 두보杜甫, 백거이白居易, 노동, 피일휴皮日休, 소식蘇軾, 육유陸遊, 교연皎然 등 걸출한 문인들의 차시가 즐비하지만, 그 정점에 드는 것은 무어라 해도 당대 시인 노동?~835이 쓴 「맹간의가 부친 햇차에 대하여 글로써 감사하며走筆謝孟諫議寄新茶」라고 할 수 있다.

노동은 당나라 중기 사람으로 호는 옥천자玉川子이고 허베이 성 판양范陽 출신이다. 그는 고고하고 청절한 성격으로 교우와 관직을 피해 허난 성 소실산少室山의 한적한 움막에 은거하면서 학문과 문학에 전념해 오던 중, 문종文宗 때인 835년 감로甘露의 변■2이 일어나자 관료파인 왕

─────────────────────

■2 당나라 문종 835년(태화 9)에 일어난 관료와 환관의 싸움으로 관료파 재상인 이훈(李訓)이 환

애王涯 집에서 회식하면서 환관 세력 말소 계획을 함께 모의하였다는 모함을 받아 환관파에 체포되어 억울하게도 40세의 젊은 나이에 참수되고 목은 거리에 버려졌다.

억울한 누명을 쓰고 참수되기는 하였으나, 평소 환관에 대하여 신랄하게 비판했고 그들을 야유하는 「월식시月蝕詩」를 지은 것으로도 유명하다. 소식은 노동의 소식을 듣자 "옥천 선생 너무나 가련하다. 한평생 술만을 즐기며 한 푼도 가진 것 없이 살았는데"라며 애석해하였다. 동시대 시인이자 사상가인 한유韓愈도 「노동에 부치는 시寄盧仝」에서 "지금껏 이웃 중이 주는 끼니로 살아왔네. 현의 장관으로 있었음에도 돕지 못한 무능함, 부끄럽기 그지없네"라고 탄식하며 울었다.

노동의 「칠완다가七椀茶歌」

그의 시에서는 찻잎 따기와 제다, 특히 헌상차에 대한 제다와 마시기, 포장과 차의 효용, 헌상차로 인한 백성의 고통 등을 두루 노래하였다.

해는 벌써 일장 오척이나 솟았으나 낮잠이 한창인데	日高丈五睡正濃
군졸이 문 두드려 놀라 단꿈 깨었네	軍將打門驚周公
간의대부가 편지를 보냈다고 말하는데	口云諫議送書信
흰 비단에 비스듬히 세 개나 봉인이 찍혀 있네	白絹斜封三道印
봉함을 여니 마치 간의대부의 얼굴 보는 듯한데	開緘宛見諫議面
세어 보니 월단차 삼백 편이었소	手閱月團三百片

관들을 주살하려 하였으나 사전에 모의가 발각되어 오히려 환관의 군사들에게 주살된 사건이다.

듣건대 새해에 산속 깊이 들어가	聞道新年入山裏
겨울잠 자던 벌레 깨우고 봄바람 일으키는데	蟄蟲驚動春風起
천자에게 양선차를 맛보시게 하려고	天子未嘗陽羨茶
모든 화초들 감히 앞서 꽃피우지 않았구나	百草不敢先開花
부드러운 봄바람은 진주 이슬 차나무에 맺히게 하여	仁風暗結珠琲瓃
봄에 앞서 노란 싹 피워 낸다네	先春抽出黃金芽
갓 따와 신선한 차 불에 쬐어 쌌으니	摘鮮焙芳旋封裹
그 정성 지극하면서도 사치스럽지를 않네	至精至好且不奢
그 귀함이 지체 높은 이에게나 어울릴 법한데	至尊之余合王公
어찌하여 산 사람 집에까지 보내 왔는가	何事便到山人家
사립문은 거꾸로 닫혀 있고 속된 나그네 없어	柴門反關無俗客
사모 쓰고 손수 차 달여 마시네	沙帽籠頭自煎喫
푸른 구름 바람 부르고 그칠 줄 모르는데	碧雲引風吹不斷
하얀 차 거품 햇빛 받아 찻잔에 어리네	白花浮光凝椀面
첫째 잔은 입술과 목을 촉촉하게 적셔 주고	一椀候吻潤
둘째 잔은 고민을 지워 주고	兩椀破孤悶
셋째 잔은 메마른 창자 찾으니	三椀搜枯腸
다만 글 오천 권이 있을 뿐	唯有文字五千卷
넷째 잔은 가벼운 땀이 솟아	四椀發輕汗
평생 불평스럽던 일 모공을 통해 모두 사라진다네	平生不平事盡向毛孔散
다섯째 잔은 살과 뼈를 맑게 하고	五椀肌骨淸
여섯째 잔은 신선과 통한다	六椀通仙靈
일곱째 잔은 마시지도 않았는데	七椀喫不得也

두 겨드랑이 맑은 바람 일으키며 날아가려 하네	唯覺兩腋習習清風生
봉래산 어드메뇨	蓬萊山在何處
나는 이 청풍 타고 가련다	玉川子乘此清風欲歸去
산속의 선인들 아래 세상 다스리고	山中群仙司下土
지위 드높아 비바람을 가로막는다네	地位清高隔風雨
어찌 알겠는가 수많은 백성들의 목숨이	安得知百萬億蒼生命
벼랑에 떨어져 고통에 처해 있음을	墮在顚崖受辛苦
만약 내가 간의라면 백성에게 묻겠노라	便爲諫議問蒼生
그래도 다시 살아날 수 있겠는가라고	到頭還得蘇息否

　시제를 줄여 「노동의 다가茶歌」, 「노동의 차시茶詩」라 하기도 하고, 시의 중간 부분에 이르러 한 주발, 두 주발, 주발을 더함에 따라 변하는 차의 정신세계를 노래한 절구만을 「노동의 칠완다가」라고 부르기도 한다. 영미권에서는 「노동의 칠완시Lu Tong's Seven Bowls of Tea」라고도 하는데, 유커스는 그의 저서 『차의 모든 것』에서 '음다Tea-Drinking'라고 번역하였다.

　은둔 생활을 하고 있는 노동에게 뜻하지 않게 맹간의孟諫議[3]로부터 황제에게 올리는 헌상차와 같은 양선차陽羨茶[4]의 신차新茶를 받고 감격에 겨워 사립문을 안으로 잠근 채 손수 달여 마시면서 환상적인 차의 풍미에 도취되어 선계仙界로 비상하는 정신세계를 그린 이 시는 차의 이상을 노래한 절구로 당대 이후 1천여 년이 지난 오늘에 이르기까지 전 세

---

[3]　간의는 임금의 잘못을 간하는 관직명으로 간의대부라고도 한다. 맹간의가 정확히 누구인지는 알 수 없으나 재상 왕애의 부하일 것으로 보인다.
[4]　자사호로 이름난 장쑤 성 이싱(宜興)에서 생산되는 차. 공차.

계의 차인으로부터 변함없는 찬사를 받고 있다.

「칠완다가」의 감상

첫째 잔은 갈증을 없애 주고, 둘째 잔은 고독과 우울함을 없애 주며, 셋째 잔은 시문의 재능을 일깨우고, 넷째 잔을 마시고 나니 가벼운 땀이 나면서 평생 불편하게 생각되었던 일들이 땀과 더불어 무산된다. 다섯째 잔을 마시니 육신이 맑아지고, 여섯째 잔을 마시고 나니 어느덧 신선으로 변신한다. 일곱 째 잔은 마시지도 않았는데 "두 겨드랑이 맑은 바람 일으키며 날아가려 하네"라고 노래함으로써 차의 세계를 선仙의 경지로, 나아가서는 형이상적인 초연한 정신세계의 영역으로 끌어올린 시이다. 선경을 찾아 비상하는 황홀한 오감五感의 내면 세계를 그린 상상력에는 경탄을 금할 길 없다.

이 시에서 가장 감동적인 시구는 일곱 번째 잔의 부분이다. "두 겨드랑이 맑은 바람 일으키며 날아가려 하네"로서 노동의 시정이 응집된 곳이라 할 수 있다. 많은 차인들이 "두 겨드랑이에 맑은 바람 일어나네" 등으로 풀이한다. 이 둘은 "습습翏翏"을 바람이 부드럽게 부는 상태로 해석하는 경우와 날개가 돋아 날아가려는날아가는 상태로 보는 해석상의 이론異論에서 비롯된 것으로, 다음 구절인 "봉래산 어드메뇨, 나는 이 청풍 타고 가련다蓬萊山在何處 玉川子乘此淸風欲歸去"와 연계하여 해석해 보면 날개 돋아 날아가려는 심경으로 해석함으로써 노동의 상상력과 내면 세계를 보다 윤색할 수 있게 한다.

고대 중국 차 문화 연구가이자 미술사가 스티븐 오영Steven D. Owyoung은, "노동은 여섯 주발의 차를 마시고 여섯 가지의 감각을 얻었으나 일

노동의 「팽차도」와 「칠완다가」

곰 번째의 차는 마시지 못하였다. 최후에 남은 감각은 겨드랑이 밑에 날개가 돋아 그 날개로 부드러운 바람을 타고 하늘을 날아갔기 때문이다Lu Tung as having drunk six cups of tea, resulting in six sensations, but unable to drink the seventh cup because the only feeling left is that of having grown wings from under his arms, wings that send him flying in the air on a gentle wind.라고 설명한다.

"습습"을 청나라 문자연구가인 주준성朱駿聲은 『설문통훈정성說文通訓定聲』에서 "바람이 부드럽게 부는 상태" 또는 "비동飛動, 즉 날아서 움직이는 상태"라 하였고, 원나라 진호陳澔가 저술한 『진호집설陳澔集說』에서는 "새 새끼가 나는 것을 배우는 모양"을, 단국대 동양학연구소에서 편찬한『한한대사전漢韓大辭典』은 "나는 모양", "미풍이 온화하게 부는 모양"이라고 한 것이나 일본 한학자인 모로하시 데쓰지諸橋轍次는『대한화사전大漢和辭典』에서 "바람이 부드럽게 부는 상태 또는 비동하는 상태"라고 한 것으로 보아 노동의 의도에 가장 가까운 해석이라고 할 수 있다.

예로부터 내려오는 구비口碑나 전설 등에 따르면 신선이나 도사에게는 두 겨드랑이에 날개가 있어 광활한 우주 공간을 자유로이 날아다닐수 있다 하였다. 이는 도교의 신선 사상과 고대 신앙에서 비롯된 것이다. 따라서 차시에서의 '양액'은 날개를, '습습'은 '날아가려는날아가는 상태'를 상징할 뿐 아니라 '양액'이나 '습습' 어느 하나를 생략하여 말해도 '양액습습'의 개념으로 인식하여도 무방할 것이다.

노동의 신선 사상과 문화적 영향

시는 당대의 국교인 신선 사상을 기조 사상으로 하는 도교의 전성기를 시대 배경으로 하여 태어났다. 따라서 도교의 중심 사상인 불로불사不老不死의 신선 사상을 차시에 수용한 것이다. 급기야 노동의 신선 사상은 음다의 심경을 우화등선羽化登仙의 경지에 이르게 하였는데, 그로부터 중국과 우리나라의 정신문화에 커다란 영향을 미치게 된다. 몇몇 시문을 추려 보고자 한다.

오대민五代閩 사람인 최도융崔道融은「사주상시기촉차謝朱常侍寄蜀茶」에서 다음과 같이 노래하였다.

한 사발의 차로 깊은 취기에서 깨어나고	一甌解却山中醉
몸이 가벼워져서 하늘을 날아오르려 하네	便覺身輕欲上天

당송팔대가唐宋八大家의 한 사람인 구양수歐陽脩의 시우이자 두보 이후 최대의 시인으로 추앙받는 북송의 매요신梅堯臣은 이렇게 표현하였다.

이백의 선인장차 자랑하지 마라	莫誇李白仙人掌
잠시 노동의 시문에 이르니	且作盧仝走筆章
청풍이 두 겨드랑이에 일어	亦欲淸風生兩腋
달 가까이 올라가려 하네	從敎吹去月輪傍

청나라 중기 문인으로 양주팔괴揚州八怪의 한 사람인 정섭鄭燮은 그의 「다련茶聯」에서 다음과 같이 노래하였다.

| 춘로차 한 잔에 객이 잠시 머무니 | 一杯春露暫留客 |
| 두 겨드랑이에 맑은 바람 일어 신선이 되려는 것 같구나 | 兩腋淸風幾欲仙 |

소식蘇軾은 「영차사詠茶詞」에서 이렇게 노래하였다.

어느새 그 맛이 혀에 감돌아	霎時滋味舌頭回
술 취한 이를 깨어나게 하고	喚醒靑州從事
쏟아지는 졸음도 물리쳐	戰退睡魔百萬
임 만나는 꿈조차 꿀 수 없게 하네	夢不到陽臺
두 겨드랑이 바람 일어	兩腋淸風起
봉래산에 날아가고 싶네	我欲上蓬萊

또한 「전적벽부前赤壁賦」에서는 "가붓가붓 나부껴 인간 세상을 버리고 홀로 서서 날개가 돋치어 신선되어 날아오르는 것 같구나飄飄乎如遺世獨立 羽化而登仙"라고 하여 노동의 시적 이미지를 원용하였다.

우리나라 차시에 미친 영향

우리나라 차시에서도 고려 말의 문신이자 학자인 이색李穡은 개천사開天寺 행제선사行齊禪師가 보낸 영아차에 대하여 답하는 글에서 이렇게 노래하였다.

동갑네 늙은이라 더욱 친하네	同甲老彌親
진정 바른 영아차 맛이로구나	靈芽味自眞
양 겨드랑이에 맑은 바람 이니	淸風生兩腋
곧장 선사 만나고 싶어지는구나	直欲訪高人

고려 후기의 문신 이규보李奎報 또한 「이날 보광사에 묵어 죽은 왕의가 남긴 시의 운을 이어서 주지에게 드리다是日宿普光寺用故王書記儀留題詩韻贈 堂頭」에서 다음과 같이 썼다.

향기로운 차 일곱 주발 마시니 겨드랑이엔 바람이 요동치고	七椀香茶風鼓腋
한 쟁반 찬 과일은 창자에 눈이 스미는 듯	一盤寒菓雪侵腸

고려 때 전남 강진 만덕사 조사였던 진정국사眞靜國師는 「차를 주신 선사에게 감사하며謝禪師惠茶」에서 이렇게 말하였다.

다시 보는 차 문화

단 이슬은 모공을 적시고   甘露津毛孔

청풍 겨드랑이를 식히네   淸風鼓腋間

또한 고려 시대 학자 이곡李穀의 「백화부 우덕린과 함께 지은 술 마시
며 한 수를飮酒一首同白父禹德麟作」을 보면 다음과 같다.

노동의 일곱 잔 차에 웃고   應笑盧仝七椀茶

두 겨드랑이에 청풍 일어나는 것 잘못 의심하리   誤疑兩腋生淸風

고려 후기 문신 이연종李衍宗은 「차를 주신 박치암에게 감사하다謝朴恥
庵惠茶」에서 다음과 같이 표현하였다.

노동 같은 경지에 통하게 되네   通靈也似玉川子

때로는 두 겨드랑이 바람을 타고   亦欲時乘兩腋風

봉래산 날아올라 상봉에 내려   飛向蓬萊山上墜

조선 전기 문신인 서거정徐居正은 김시습이 보낸 차에 화답하는 『사잠
상인혜작설차謝岑上人惠雀舌茶』에서 이렇게 노래하였다.

어찌 노동의 찌든 마음에서 나온 오천 자뿐이랴   豈但搜盧仝枯腸文字券五千

이백의 고운 마음에서 나온 삼백 편의 시도 나올 듯하네

                                                          亦可起李白錦肝詩句三百篇

필탁은 부질없이 독 아래서 잠자고   畢卓謾向甕底眠

여양은 공연히 술수레에 떨어져 침 흘리네　　　　　　汝陽空墮麴車涎

어떻든 한두 잔의 차 마셔야　　　　　　　　　　　那如飮此一兩杯

두 겨드랑이 날개 돋아 봉래산까지 날으리　　　　　　兩腋生翰飛蓬萊

조선 중기 문신이자 학자인 구봉령具鳳齡은 「독다경讀茶經」에서 다음과 같이 표현하였다.

좋은 차 마시면 양쪽 겨드랑이에서 바람 솔솔 인다네　　　因復啜玉乳 習習風生腋

의연히 신선되어 맑은 달나라에 날아오르리　　　　　依然駕我仙 飛上淸都月

조선 후기의 대선사이자 우리나라 다도를 정립시킨 초의선사의 『동다송』에서는 다음과 같이 썼다.

옥화 한 잔 기울이자 바람이 겨드랑이에서 일고　　　一傾玉花風生腋

몸은 가벼워져서 상천 맑은 경계에서 노닐게 된다　　　身輕已涉上淸境

그 주석에 "진간재 차시에는 옥화차를 마셨다는 시구가 있고 노동의 다가에 보면 양 겨드랑이에서 맑은 바람이 일어나는 것을 깨달았다는 구절이 있다陳簡齋茶詩 嘗此玉花句 盧玉川茶歌 惟覺兩腋 習習生淸風."라고 하였다. 조선 후기의 학자 김려金鑢는 「도사 김청휘가 철비녹하차를 보내 왔기에 옥천산의 한림 이백의 고사를 본떠서 사의를 표하다謝琴道士淸徽 贈銕鼻綠霞茶擬嘗聞玉泉山 李翰林白」에서 선차를 마시니,

허파에 샌 바람이 일어	肝肺化淸颸
상쾌하게 옷깃을 날리고	爽然飛毛縫
두 겨드랑이에 날개가 돋아	兩腋亦羽翰
훨훨 날아 적송자에게 인사하네	翩翩輯赤松

라고 하였다.

같은 시대의 문신인 이만용李晩用도 「금강산 폭포 물로 달인 병차 한 덩이를 숯불에 달이니 산향이 짙더라金剛之瀑煉成餅活烹一粒山香多」에서 이렇게 노래하였다.

갈증을 씻어 줌은 귀신처럼 빠르고	除去消渴捷如神
한낮 창에는 솔바람 소리 새로워라	午窓松風聞更新
일곱 사발에 노래 마치고 신선 되어 날아간다	七椀歌罷登仙去

이렇듯 노동은 「칠완다가」를 통해서 한낱 약재에 지나지 않았던 차를 불로장수의 은혜로운 차로, 인격을 연마하는 도덕적인 차로, 상상력을 자극하는 이미지와 창조의 차로, 지성과 낭만의 차로 윤색함으로써 오늘에 이르기까지 후세에 깊은 감명을 주고 차의 이상을 고결한 정신세계에 머물게 하고 있다. 육우를 다성茶聖이라 하고, 노동을 다선茶仙이라 부르는 이유가 여기에 있지 않을까 한다.

막고굴의

「다주론」

둔황敦煌의 불교 유적

중국 간쑤 성 북서부에 위치한 둔황은 고대로부터 유라시아 대륙을 이어 온 동서 교통로이자 실크 로드의 요충인 오아시스의 도시이다. 칭짱 고원青藏高原의 북쪽에 접해 있고, 서쪽에는 허시주랑河西走廊, 그 서쪽으로는 타림 분지가, 북으로는 고비 사막이, 남쪽으로는 치롄 산맥祁連山脈과 차이다무 분지柴達木盆地로 에워싸여 있다.

기원전 2세기경까지는 흉노의 지배하에 있던 둔황은 전한 무제 때 흉노를 물리치고 기원전 92년경에 둔황군이 설치된 후로부터 점차 지금의 간쑤 성 북서부 일대가 한나라의 세력권에 들어오면서 둔황 서부에는 양관陽關, 북으로는 위먼관玉門關의 양대 방어 거점이 설치되어 명실공히 한나라의 서역 세력권의 중심지가 되었다. 그리하여 무제가 그토록 바라던 중앙아시아 지방, 즉 지금의 타지키스탄의 페르가나Fergana 산에서 천하제일의 군마로 알려진 한혈마汗血馬 ▪5라는 준마를 얻게 되었다. 그뿐만 아니라 호마胡麻와 포도 등의 산물은 물론 불교 문화 또한 이곳을 통하여 유입되기에 이르렀다. 동시에 한에서는 실크絹 등이 서역으로 흘러 들어가는 문화·경제·종교의 교역 중심지이자 군사적인 요충지가 되었다.

또한 위진남북조 시대에는 축법호竺法護 등 여러 고승들이 나타나 대다수의 사람들이 무속 신앙에 매여 있을 때 서역으로부터 들어오는 경전을 번역하고 포교에 힘을 기울여 불교 문화의 개화지가 된다.

이 무렵부터 태어난 둔황 문화를 대표하는 유적이 막고굴莫高窟, 일명 천불굴千佛窟이다. 막고굴은 둔황으로부터 남동으로 약 20km에 위치하는 곳으로, 황량한 사막에 모래바람이 일면 슬프게 운다는 밍사 산鳴沙山의 동쪽 절벽에 남북으로 약 1.6km에 걸쳐 길게 뻗쳐 축영된 불교 석굴군이다.

약 1,600여 년 전, 사문沙門 낙준樂僔이 이 지역에 이르자 황금빛 서광에 에워싸인 천불상을 보게 된 것을 기념하여 그곳에 훗날 불교 문화의 금자탑이 될 대역사가 이루어졌다. 대주이군중수막고불감비大周李君重修莫高佛龕碑와 당나라 말기 제156굴에 묵서墨書된 865년咸通 6년의 『막고굴기莫高窟記』에 의하면, 366년 사문 낙준이 개삭開削하고 법량선사法良禪師가 그 일을 이어받았다고 하였다. 밍사 산의 깎아 세운 듯 한 낭떠러지에 492개의 석굴이 위아래로 2중, 3중으로 만들어져 있고, 2,200여 개의 소상塑像과 45,000m²에 달하는 수많은 벽화, 이 모두가 4세기에서 14세기까지 약 1천 년의 긴 세월을 두고 꾸준히 만들어진 것이다. 시대별 양식과 기법상의 특이성은 물론 시계별時系別 예술적 표현의 차이와 변

■5 하루에 천 리를 달리며 달릴 때 피땀을 흘린다고 알려진 최고의 명마. 『사기』에 기록이 나옴.

막고굴

천 과정을 한눈에 바라볼 수 있는 불교 문화의 대로망이자 인류 문화사
에 유례를 찾아볼 수 없는 파노라마라고 할 수 있다.

막고굴의 문화유산들

둔황은 당대에도 꾸준히 실크 로드의 요충지로 번창해 왔으나, 775~
763년에 걸친 안녹산安祿山과 사사명史思明의 난이 있은 후로 당나라의
통제력이 약화되면서 티베트계 유목 민족인 탕구트 족Tangut의 지배하에

들어갔다가 다시 당나라에 예속된다. 그 후 북송 대에 와서 탕구트 족이 다시 이 지역에 서하西夏를 세우고 지배하게 된다.

이때 귀중한 둔황 문서들의 약탈과 훼손을 막으려고 막고굴의 이굴耳窟**6 속에 숨기고 입구를 알아보지 못하도록 도찰塗擦했다는 설과, 서하의 지배자들이 도리어 독실한 불교 신봉자로 막고굴의 조영에 힘써 왔다는 견해도 있다. 즉 서하의 왕조가 이슬람교 등 외부 세력으로부터 경전을 지키기 위하여 도찰했다고 주장하기도 한다. 그런가 하면 폐기설을 주장하기도 한다. 귀중한 경권류經卷類가 보관되었던 동굴 제17굴을 속칭 장경동藏經洞이라 하고, 거기에서 나온 문서들을 둔황사본敦煌寫本, 둔황문서敦煌文書 또는 둔황유서敦煌遺書라고 부르기도 한다. 장경동에서 발견된 대부분의 문서류나 불화들이 자투리이거나 폐기해야 할 정도로 훼손되어 있는 점으로 미루어 보아 한곳에 모아 폐기한 것이라는 주장도 있으나 이를 뒷받침할 만한 증거는 찾지 못하고 있다. 이러한 세 가지의 가정을 두고 많은 연구가들의 이견이 오가고 있으나, 이교도인 이슬람의 약탈과 훼손을 막기 위해 취한 방호책이었을 것이라는 데에 의견이 모아지고 있다. 따라서 이굴이 도찰된 시기는 11세기를 전후한 때가 아닌가 한다.

그 후 둔황은 서하의 멸망으로 몽골 제국과 원나라의 지배하에 놓이는 등 전란이 이어지는 사이 해로의 발달로 실크 로드의 중요성이 점차 감소되면서 쇠퇴의 길을 걷게 된다. 급기야 막고굴의 굴삭掘削도 원나라를 마지막으로 종말을 맞이하면서 불교 문화의 요람은 보잘것없는 역사

■6 작은 소굴(小窟). 후일에 '장경동'이라고 이름 지어졌다.

의 한낱 잔영으로 버려지고 말았다.

역사로부터 잊힌 둔황과 막고굴은 오랜 세월 동안 아무도 돌보는 사람 없이 고요한 적막이 흐르는 사막의 폐허가 되어 가고 있었으나, 둔황이 과거 동서 교역의 무대이면서 중앙아시아와 인도 그리고 중국을 잇는 불교 동점東漸의 중심지였다는 점과, 사막의 모래와 건조한 날씨가 인간에게는 견디기 어려운 생활 환경이지만 고대 사원과 고분, 문서 등의 유적 보전에는 아주 좋은 자연환경이라는 사실이 알려지자 서구 호사가들의 탐검探檢 표적으로 떠오르기 시작했다.

서양인의 막고굴 문서 침탈의 역사

청나라 때 막고굴에는 떠돌이 생활을 하던 왕원록王圓錄이라는 빈루한 도교승이 틈틈이 석굴에 쌓인 토사를 치우기도 하고 시주 받은 돈으로 잔손질을 하면서 은둔하고 있었다. 광서光緖 26년, 서기 1900년 6월 22일 새벽의 일이다. 가난과 외로움에 지친 왕도사는 잠에서 깨어나자 여느 때나 다름없이 담배를 피우면서 무심히 앞 벽면을 쳐다보고 있는데, 어찌 된 일인지 담배 연기가 흙벽 미세한 틈새로 조금씩 빨려 들어가고 있지 않은가? 이상하게 생각한 왕도사는 직감적으로 혹시나 이굴이라도 있지 않을까 하여 벽을 조금 헐어 보니, 거기에 이굴이 있고 안에는 고문서들이 꽉 들어차 있었다.

역사의 뒤안길에는 이설異說도 많은 법이다. 양楊이라는 사경생寫經生이 어느 날 용도甬道 ■7를 지나면서 무심코 담뱃대로 벽면을 두드리자 공

■7 주실(主室)로 들어가는 통로로, 양쪽으로 토담을 쌓아 올려서 만들었다.

다시 보는 차 문화

동空洞인 듯한 울림이 있어 왕도사와 함께 벽을 헐어 보았더니 엄청난 양의 고문서들이 쌓여 있었다는 설도 있다. 이러한 소문이 세상에 알려지자 그동안 폐허가 되어 불모지로 변해 버린 둔황은 매장 문화재의 보고로 변신하면서 스웨덴, 영국, 프랑스, 독일, 러시아, 일본 등 각국 탐험대들의 치열한 매장 문화재 탈취장이 되고 말았다. 탐험가 본인은 물론 국가의 영예를 건 경쟁으로까지 발전했다.

마침 르네상스 이후 서구를 중심으로 만연하던 복고 사상이 호고적 好古的 취미를 부추기던 시대였으므로 문화유산의 선점을 노리는 각국의 경쟁은 치열하기 이를 데 없었다. 특히 막고굴 제17굴 장경동이 발견되었다는 소문은 탐험가들의 선취욕을 자극하기에 충분하였을 뿐 아니라, 특수한 자연환경과 많은 인종이 발자취를 남기고 간 곳이자 사막 문화, 유목 문화 그리고 불교 · 기독교 · 이슬람 · 도교 · 밀교 문화, 토속 신앙, 그 밖에도 그 옛날 원시 문화의 잔해가 다소곳이 숨을 멈춘 채 잠들어 있을 인적 드문 고산 지대에서 일어난 일이었으니 짐작하고도 남음이 있다.

여러 탐험가들 중에서도 헝가리 출신의 영국인 탐험가이자 고고학자인 스타인Mark Aurel Stein, 1862~1943과 프랑스 인 동양학자이자 언어학자인 펠리오Paul Pelliot, 1878~1945는 차 문화 유적 발굴과 직간접으로 관계가 깊다. 스타인은 타림 분지 동부에 있는 누란樓蘭 등 많은 유적을 조사 발굴하여 세계적으로 명성이 높던 사람으로, 1907년 3월 막고굴을 찾아가 왕도사를 회유하여 마제은馬蹄銀 ■8 넉 장으로 막고굴의 고문서와 불화

■8 청나라 때 통용했던 은으로 만들어진 평량화폐(枰量貨牌). 말굽을 닮아서 붙여진 말인데, 서양

마크 아우렐 스타인

폴 펠리오

장경동에서 고문서를 검색하고 있는 펠리오

수천 점을 매수하여 영국으로 가져갔다.

마제은은 당시의 은화로, 최근 외국 경매 시장의 옥션 가격이 40g짜리 한 장에 5만 원 내외인 점으로 볼 때 겨우 20만 원 내외로 막대한 양의 문화유적을 획득한 셈이다. 아무튼 이러한 공적으로 1910년과 1912

에서는 shoe silver라고 부른다.

다시 보는 차 문화

년 두 차례에 걸쳐 작위를 서훈받았다. 그러나 한편으로 스타인에게는 극복할 수 없는 약점이 있었다. 그리스 어, 프랑스 어, 영어 등 6개 국어에는 능통하였으나 정작 알아야 했던 중국어는 모르는 처지였기 때문에 유물의 내용이나 문화적 가치는 전혀 알지도 못한 채 왕도사가 아무렇게나 건네준 유물만을 가져와야 했었다.

그러나 스타인과 가장 치열한 경쟁 관계에 있던 펠리오는 어학의 귀재라는 애칭이 붙어 있던 사람으로 중국어, 몽골 어, 베트남 어, 아라비아 어 등 13개 나라의 언어 구사 능력을 인정받아 약관 22세의 나이에 하노이프랑스극동학원 한문 교수로 재직했고, 1906년 27세에는 프랑스 정부 파견 중앙아시아 조사단장이 되어 소문으로만 듣던 막고굴로 향하게 된다.

1908년 스타인보다 한 해 늦게 가기는 했으나 자유로운 언어 구사력 덕분에 왕도사와 곧 친밀해진 펠리오는 아예 장경동 동굴 안에 20여 일간 틀어박혀 1만 5천여 점의 장서 목록을 만들고, 그 가운데서 중요한 고문서만 6천여 점을 구입하여 선편으로 본국에 보냈다. 결국 문화적 가치 면에서 볼 때 스타인과 펠리오의 경쟁은 펠리오의 일방적 승리로 끝난 셈이다.

그 밖에도 여러 나라의 수많은 탐험가들이 몰려들어 많은 경서와 석상 등을 더 훔쳐 갔다고 하니 안타까움을 자아낸다. 일부에서는 왕도사가 막고굴 보수를 위하여 고문서나 불화 등을 팔았다고 말하고 있으나, 도사의 생활이 워낙 궁색한 데다 도교승이라 불교 문화에 대한 이해 부족과 종교적 이질감, 그리고 유적에 대한 무지에서 비롯된 소행인 것으로 보인다.

막고굴의 차 문화 유산, 「다주론茶酒論」

소중한 문화유산을 아무 거리낌 없이 내놓은 사람이나, 무지한 사람을 회유하여 자행한 반문화적 행실은 인류사에 길이 새겨질 부끄러움이 아닐까 한다. 하지만 다행인지 불행인지 프랑스인 펠리오가 가져간 문서 중에는 차 문화사에 반드시 보존되어야 할 소중하고 희귀한 고문서가 있었다. 차 문화의 계몽기인 당나라 때 향공진사鄕貢進士였던 왕부王敷가 742년天寶 원년 이후에 발간한 것으로 보이는 「다주론」이 발견된 것이다. 신라 고승 혜초慧超의 『왕오천축국전往五天竺國傳』도 이때 펠리오가 가져간 고문서 중의 하나이다.

왕부의 「다주론」의 가치는 흔히 차와 술이 인간에게 미치는 공덕의 우열을 가리려는 해학적 우화 정도로 생각하기 쉬우나, 중국 구어口語 문화의 걸작인 『유림외사儒林外史』와 『홍루몽紅樓夢』보다 앞서 있고, 차 문헌으로서는 가장 오래된 문답 논쟁문의 형식을 한 구어 소설로 중국 문학사상 높은 평가를 받고 있다. 더욱이 난해한 고문의 인용 없이 소박한 문장으로 구성되어 통상 차 세계의 탈속적이고 고답적인 이미지를 탈피한 가장 세속적인 차의 찬미론이자 차와 술에 대한 하나의 경구라는 데뜻이 있다.

간략하자면 당시의 사회적 풍조로 미루어 보아 차에 비하여 우세했던 술의 위상을 차와 동격으로 설정하고, 차와 술이 서로 격의 없이 자기만을 내세우고 상대방을 헐뜯는 묘론妙論이 격해지자, 물이 나타나 제아무리 서로 잘났다고 하여도 물이 없으면 차도 술도 만들어 마실 수 없다는 말로 화목을 꾀한다는 내용이다. 이를 다음 네 가지로 요약할 수 있다.

- 차는 식물계의 우두머리이라, 제왕의 거처와 제후의 저택에도 바쳐진다 하니, 이에 술은 신령께서도 술맛을 음미했고 인의예지(仁義禮智)의 법도가 있어 존귀하다 하여 군왕도 고마움을 표했다.

- 차는 존귀하여 모든 나라 사람들이 금 비단으로 주머니를 만들어 구하러 온다 하니, 술은 예의 바르고 겸양하게 하며 군부(軍府)를 조화시킨다.

- 차가 말하기를 차는 만 가지 나무의 중심으로 백옥이나 황금과 같다. 미륵을 공양하고 관음보살에게 봉헌되면서 천겁만겁(千劫萬劫) 부처님이 흠모하였다. 술은 가산을 탕진하게 하고 사악하며 음란한 것이라 하니, 술이 말하기를 술은 고귀한 사람들과 어울리게 하고 비파와 노래, 춤이 나오게 한다. 차를 마시면 요통이 생기고 많이 마시면 배탈이 나며 하루에 열 잔을 마시면 내장이 부글부글하고 만약 삼 년을 마시면 물 배탈이 나서 고통을 사게 된다.

- 차가 술에게 많이 마시면 사람을 어지럽게 하고 떠들썩하게 만들고 무고한 사람을 음해한다 하니, 술이 말하기를 술을 마시면 사람이 현명해지고, 목마를 때 술 한 잔은 생명을 보호해 주고 근심을 없애 주는 약이다.

마지막으로, 차를 마시면 병이 나고 술을 마시면 현명해진다고 했는데 술에는 얼굴이 노래지고 수척해지는 병이 있다는 말은 들었어도 차에 중풍이나 어지럼병이 있다는 이야기는 듣지 못했다고 말하자, 옆에서 몰래 듣고 있던 물이 나서서 누구나 상대방을 인정하면서 각자의 공을 헤아려야 하고 둘 다 물이 없으면 형상을 갖출 수 없는 것이니 서로 본성을 해치지 않도록 하라고 충고하고 화해시키는 것으로 『다주론』은 끝맺음한다.

이 책의 가치는 한낱 콩트에 불과해 보이나 그 내면을 들여다보면 차와 술의 본성과 사회 윤리적 의미와 폐해를 적시한 교양서라는 데 있다. 그뿐만 아니라 현실을 기피하고 술과 시가로 지새우는 도가적 무위자연

「다주론」필사본의 일부분

사상을 삶의 이상으로 생각하던 당시의 사상적·시대적 병리를 묵시적으로 질타하고, 차를 통해서 퇴영적인 사조를 개선해 보려는 의지가 담긴 일종의 사회 개혁론이라 할 수 있다.

자칫 막고굴의 캄캄한 이굴에서 영원히 사라질 뻔했던 「다주론」은 모두 7부의 필사본이 있는데, 그 가운데 2부는 스타인이 가져간 것으로 영국 브리태니커도서관에 있고, 4부는 펠리오에 의해서 반출되어 『왕오천축국전』과 함께 프랑스국립도서관에, 나머지 1부는 중국에서 소장하고 있다.

1천여 년에 걸친 불교 예술의 보고 둔황의 막고굴은 1987년 세계문화유산으로 등록되었다.

다시 보는 차 문화

차마고도는

문명의 길

차마고도茶馬古道와 변경의 차

중국차의 종류는 다양하며, 분류법도 다종다기하다. 중국차의 분류법 중의 하나는 판매 지역과 판매 루트에 따른 방법이다. 즉 중국 내수시장, 해외 시장, 변경 지역 시장 등으로 분류하는 방법이다. 중국 남부와 서북부 국경을 접하고 있는 주변 국가에 판매되는 중국차를 변차邊茶 border tea라고 한다. 티베트·몽골·위구르·미얀마·라오스·베트남 등 변경 지역의 차 인구는 2천만 명이 넘으며, 주로 쓰촨·윈난·후난·구이저우·산시 등에서 생산된 다양한 차를 음용하고 있다.

중국차의 전파에는 왕실 간의 혼인이 가장 중요했다. 당 태종의 양녀 원성 공주文成公主가 641년 티베트의 왕 송스탄 감보Songstan Gambo 松贊干布와 결혼할 때, 쓰촨 성 야안雅安 지역의 차를 티베트로 가지고 가서 티베트 주민에게 차 음용 문화를 전파시켰다. 티베트에서는 차가 전래된 이후 일상생활의 필수품이 되었다. 티베트 인은 고원 지역의 산물인 말, 모피, 깃털 등을 중국의 차와 교역하였다. 그 후로 쓰촨과 윈난 지역의

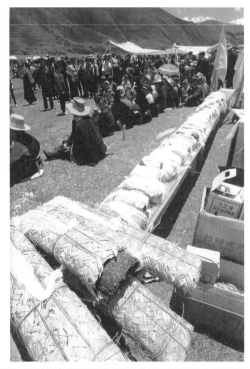

티베트 캉딩(康定) 지역의 한 경마 대회에서 우승자들에게 수여될 변차

차가 중국 국경 북서부 지역으로 대량 수출되었다.

변차의 종류와 제다 방법은 무척 다양하지만 공통적인 특징이 있다. 차 제조 공정에서 찻잎을 강하게 압축하여 작고 길며 납작한 블록 형태나 팬케이크 형태로 만들어, 장기간의 운반 과정에서 보관이 용이하게 하는 것이다.

그렇다면 변경 지역에서는 왜 재배되지도 않는 차를 오래전부터 수입하여 음용하였을까? 여기에는 몇 가지 이유가 있다. 첫째, 티베트 고원 지역은 해발 3천~4천 m로 춥고 건조한 사막 기후이기 때문에 농사를

전통적인 변차 제작 방법

짓기에는 부적합하고 주로 가축을 길러 식용으로 이용한다. 이들의 주
식은 고기나 낙농 제품이 주류를 이룬다. 따라서 차를 마시는 것은 육식
으로 인한 지방의 분해와 소화 작용을 돕는 데 필수적이다.

둘째, 변경 지역은 공기가 건조할 뿐만이 아니라 산소가 희박하기 때
문에 일상 노동에 쉽게 피로해진다. 따라서 차를 마시는 것은 신체에 수
분을 공급해 줄 뿐만이 아니라 차의 폴리페놀 성분이 타액을 유도하고
갈증 해소에 도움을 준다. 나아가 강장제의 역할을 하여 피로한 신체에
활력을 준다. 셋째, 변경 지역은 과일과 채소가 거의 없기 때문에 주민
들은 비타민과 같은 필수 영양소가 항상 결핍되어 있다. 차는 비타민 C
가 풍부하고 다양한 비타민을 함유하고 있어 변경 주민들의 고른 영양
섭취에 긴요하다. 현재 티베트의 도시 지역 주민은 연간 1kg의 차를 소
비하며, 반농반목半農半牧 지역의 주민은 연간 3~4kg을, 차가 가장 많이

필요한 유목 지역의 주민은 연간 6~7kg의 차를 음용한다.

차상들이 개척한 찻길

지난 1,400여 년 동안 쓰촨과 윈난 지역의 차는 어떻게 변경 지역으로 이동되었을까? 가장 대표적인 고대의 차 운반로는 쓰촨 성의 야안을 출발하여 루딩擾定과 리탕理塘을 지나 티베트의 수도인 라싸Lasa에 이른다. 말 한 필당 약 60kg의 차를 싣고 쓰촨에서 라싸를 이동하는 차 상인 부대가 한 번 왕복하는 데는 반년이 더 소요되었다. 제2차 세계대전 시에는 쓰촨–라싸 길이 통제되어 윈난 성의 샹그릴라香格里拉, 원래 중뎬中甸이었으나 2002년 개명를 거쳐 미얀마, 인도를 경유해 티베트의 라싸로 이동하기도 하였다. 이처럼 1,400여 년 전부터 말, 노새, 당나귀를 이용하여 중국에서 변경으로 차를 이동한 상인들의 길을 차마고도Ancient Tea Caravan Route라고 한다.

차마고도로 이동하는 병차餅茶의 무게는 357g이며, 이는 오늘날에도 변함이 없다. 짱유화姜育發 교수는 보이병차의 무게가 왜 편당 357g이고, 왜 한 통이 7개여야 하며, 왜 12통을 한 대바구니에 담아야 하는가에 대한 답을 제시해 주고 있다. 티베트로 가는 보이차 운송은 말과 당나귀와 노새로 구성되어 있다. 말 한 필이 질 수 있는 무게는 60kg이며, 하루에 갈 수 있는 거리는 60km라고 한다. 따라서 약 60km마다 하나의 마역馬驛이 있다. 이러한 조건들을 고려해 만들어진 것이 보이차의 한 편의 무게 357g이다. 357g×7편이면 한 통이 약 2.5kg이 된다. 2.5kg씩 12통이면 한 대광주리가 되는데, 이것이 30kg으로 말의 양쪽에 대광주리 각각 하나씩을 실으면 60kg이 된다.

다시 보는 차 문화

차마고도를 따라 이동하는 차 실은 말

　한 연구에 따르면, 차마고도로 이동하는 하나의 상인 부대caravan가 담
당하는 말의 수효는 300~400필이 넘었으며, 한 번의 여행에 일반적으
로 3~4개의 상인 부대가 1천 필이 넘는 말에 짐을 가득 싣고 이동하였
다고 한다. 각각의 상인 부대는 한 명의 대장과 장총을 어깨에 멘 여러
명의 부대원으로 이루어졌다. 때로는 이 긴 여정에 부인을 동반하기도
하였으니 엄청난 대장정이었음을 알 수 있다.

　차마고도의 출발지는 차의 기원지이자 변차의 수출 중심지인 쓰촨 성

차마고도의 여러 루트

야안 현雅安縣과 보이차의 수집과 운송의 중심지인 윈난 성 푸얼 현普洱縣이다. 차마고도의 행로에 대해서는 여러 이론이 있지만 대략 6개의 길로 요약된다.

● 차마고도 서북로

고대 중국과 남아시아 사이의 중요한 무역 통로로서 푸얼을 출발하여 징구景谷, 다리大埋를 거쳐 리장麗江으로 옮겨지고, 샹그릴라香格里拉, 옌

다시 보는 차 문화

호랑이 협곡을 건너는 상인 부대

징鹽井을 거쳐 티베트, 히말라야 북쪽을 지나 국경을 넘어 인도까지 이른다. 흔히 차마대도라고도 한다.

● 차마고도 동로

쓰촨 성 야안에서 출발하여 캉딩康定, 창두昌都를 지나 티베트의 수도 라싸에 이르며, 티베트 국경을 지나 네팔, 인도 등으로 확산되는 길이다. 당나라 공주 원성이 쓰촨 성의 차를 티베트로 가지고 간 길로서 가장 역사가 오래된 차마고도로 쓰촨-서장西藏, 티베트을 잇는 길이어서 천장차마고도川藏茶馬古道라고 한다.

● 차마고도 서남로

건조기 때 차를 운반하는 길로 우기에는 란창 강 물이 차 올라 이 길은 막힌다. 푸얼에서 출발하여 란창瀾滄, 멍롄孟連, 미얀마에 도착한다.

● 차마고도 동북로

푸얼에서 쿤밍昆明을 지나 베이징에 이르는 길로 '관마대도官馬大道'라 불리는데, 황실에 바치는 공차를 운반한 길이다. 청나라 때는 보이차가 약 200년간 황실의 공차로 지정되었다. 이 길은 상인이나 관원들이 다녔던 길로 차와 소금 등 특산품이나 공문서 등을 운반하여 매우 중요하게 여겼으며, 명·청대에는 여러 군데에 초소를 두어 엄밀하게 지켰다.

● 차마고도 남로

푸얼을 출발하여 다뤄打洛로 뻗어 나간 관마대로官馬大路이다. 징훙景洪, 멍하이勐海, 다뤄를 지나 미얀마로 들어가는 길로 300km가 넘는 길이다. 관마대로라고도 한다.

● 차마고도 동남로

푸얼에서 멍셴, 리밍, 장청을 거쳐 베트남의 라이조우를 지나 하노이에 도착하면 배에 싣고 유럽으로 향하여 간다. 매우 가까운 길이다.

차마고도는 문명의 길이기도 하였다

차마고도를 통한 중국과 티베트를 비롯한 변경 국가와의 교역은 갈수록 증가하였다. 티베트는 중국에서 차를 수입하고, 군마, 동충하초, 녹용, 홍화 등을 수출했다. 북송 시절960~1127에는 연간 티베트에서 중국으로 수출하는 군마가 2만 두나 되었으며, 쓰촨 성의 차 생산량 1,500만kg 중 반 이상이 티베트로 수출되었다고 추정된다. 따라서 말을 함께 보관해 주는 여관업이 흥했고, 물건 보관하거나 여물 주기 같은 부수적인

다시 보는 차 문화

직업도 생겨났다. 이들 여관이 하루에 수용하는 말만 해도 200~300필에 달했다. 마방들은 사시사철 끊이지 않았다고 한다.

차마고도는 단순히 물자만 운송했던 길이 아니다. 한족과 티베트의 문명이 나아가 동아시아와 서아시아가 서로 교류하고, 상호 작용을 하며 영향을 주고 융화한 길이다. 찻길Tea Road을 통해 중국의 쌀 재배, 실크, 자기, 종이 문화 등 중국의 문화가 서아시아로 전파되었으며, 멀리는 페르시아와 인도, 티베트의 문명이 중국에 영향을 준 또 하나의 실크로드이다.

검객이 일군

마키노하라 대다원

세계 최대 규모의 다원

일본의 차 재배 면적은 연도에 따라 약간씩의 증감이 있기는 하나 대체로 55,000ha 내외이다. 그중에서 가장 넓은 다원은 일본차의 주산지인 시즈오카 현靜岡縣의 마키노하라 대다원牧之原大茶園으로, 규모가 워낙 크다 보니 길이가 자그마치 40km나 된다. 면적은 일본 차 재배 전체 면적의 10%이고, 우리나라 전체 재배 면적인 1,800여 ha의 약 3배인 5,000여 ha에 달한다. 평수로 치면 1,500만 평 정도이니 그 큰 규모에 놀랄 뿐이다. 혹자는 단일 규모로는 세계에서 가장 큰 다원이라고 말하기도 한다.

시즈오카 역에서 하마마쓰로 가는 전철을 타고 가다 보면 오이 강大井川이 흐르고 강을 조금 지나면 가나야金谷 역이 나온다. 가나야 역에서 내려 나지막한 분지를 약 5분 남짓 택시로 오르면 마키노하라 차박물관이 있고 잘 정돈된 진녹의 대다원이 모습을 드러낸다. 눈에 보이는 것은 모두가 차밭일 뿐이다.

멀리 일본인의 영산인 후지 산富士山이 아스라이 보이면서 앞으로는 스루가 만駿河灣이 있어 태평양의 따뜻한 난류가 흐르고, 다원의 양쪽으로는 미나미알프스국립공원과 미소 산맥未曾山脈, 아카이시 산맥赤石山脈에 둘러싸여 있으며, 그곳에서 흘러내리는 풍성하고 깨끗한 물이 오이 강과 덴류 강天龍川을 이루고 있는 아름다운 분지이다.

쇼군의 경호 무사, 주조 가게아키中條景昭

1800년대 초반까지만 해도 버려진 황무지였던 이곳은 일본의 정치·경제·사회 등 전 분야에서 일대 격변의 진통이 회오리치던 난세에 쇼군將軍의 경호 책임자였던 검객 주조 가게아키의 앞을 내다보는 현명한 안목과 굽힐 줄 모르는 불굴의 의

주조 가게아키

지와 부하에 대한 간절한 동지애로 오늘의 마키노하라를 있게 하였다.

주조가 태어난 19세기 초기에는 에도江戸 문화가 개화되었던 시기로 비교적 평화로운 때였으나 그로부터 얼마 되지 않아 일본 정국은 회오리바람이 일기 시작한다. 덴포天保 4~7년1833~1836에 걸쳐 냉해와 홍수가 반복되면서 곡가가 천정부지로 치솟고 농촌이 피폐해짐에 따라 농민봉기가 끊임없이 일어났다. 관아와 부잣집 등을 때려 부수고 약탈과 소동을 피운, 이른바 덴포의 대기근은 에도 후기 막부의 마지막 정치개혁인 덴포의 개혁 ■9으로 이어진다.

■9　에도 시대의 덴포 연간(1830~1843)에 있었던 막정(幕政)과 제번(諸藩) 개혁의 총칭.

막부는 농촌 재건을 위해 귀농령을 내리는가 하면, 물가를 통제하고, 물가 폭등의 원인이 가부나카마株仲間■10에 있다 하여 해산령을 내렸다. 나아가 풍속취체령風俗取締令과 검약령儉約令 등의 많은 정책을 시행했지만 역효과를 낳을 뿐 사회 질서는 걷잡을 수없이 문란해졌고, 막부의 재정은 날이 갈수록 궁핍해져 체제 유지마저 어려워진 상황이어서 새로운 시대의 도래가 예견되는 형국이었다.

대외적으로는 영국·프랑스·러시아 등이 통상을 요구하고 있어 외세를 반대하는 양이론攘夷論, 외국과의 통상을 찬성하는 개항론開港論, 황실을 옹호하는 근황파勤皇派, 막부를 지지하는 좌막파佐幕派 등으로 민심은 사분오열되었다. 여러 번藩에 소속되어 있던 청년 무사들은 번을 이탈하여 별개의 조직을 만들어 암약하는 등 혼란이 극에 이르고 있었다. 막부가 개항을 결정하고 미일 수호통상조약을 체결함으로써 외세에 반대하는 양이파의 떠돌이 무사들에 의해서 개항파의 지도자가 암살당하는 등 보복의 악순환이 거듭되었다. 무술의 달인인 주조 가게아키는 양이파이기는 하였으나 막부의 신하이자 장군의 호위를 맡은 신분으로 과격한 행동을 할 수 없는 처지였다.

메이지 시대의 등장과 무사의 퇴장

에도 막부의 마지막 15대 쇼군인 도쿠가와 요시노부德川慶喜가 등장하자 주조는 그의 호위를 맡지만, 4년이 채 안 된 1867년 10월에 도쿠가와

■10 제조업자와 소매업자의 중간 위치에서 경제(판매) 활동을 하는 유통 기구이자 일종의 동업 조합.

다시 보는 차 문화

는 조정에 정권을 반상返上하는 대정봉환大政奉還을 하고 에도 성을 떠난다. 이로써 일본은 가마쿠라 막부鎌倉幕府 이후 이어져 왔던 무가 정치가 막을 내리고 메이지 시대의 출범과 동시에 왕정복고라는 일대 전환기를 맞이하게 된다.

도쿠가와는 조정에 순종할 의사를 밝힌 다음 주조 등의 호위를 받아 시즈오카의 한적한 절로 옮겨 근신한다. 이때 판적봉환版籍奉還, 즉 영토領地와 호적百姓마저 모두 봉환하고 그를 이은 16대 도쿠가와 이에사토德川家達 또한 번지사藩知事가 됨으로써, 주조 대장이 거느리던 혈기 왕성한 수백 명의 무사들은 오갈 데 없는 처량한 신세가 되고 말았다. 물론 모두가 그러한 것은 아니었다. 그중에는 메이지 신정부의 신하가 된 사람, 칼을 버리고 농민이나 상인이 된 사람도 있었으나 그렇지 못한 대부분의 부하들은 하루아침에 주조의 얼굴만 쳐다보고 있어야 하는 멀쩡한 건달이 되고 말았다.

주조는 밤낮으로 고심한 끝에 당시 미국과의 수호통상조약으로 생사生糸, 차, 장뇌樟腦, 전복, 채종유菜種油 등이 미국으로 활발히 수출되고 있음을 알아냈다. 그중에서도 생사에 이어 차가 무역의 20%를 차지하고 있다는 것에 착안하고, 차나무를 길러 부하들의 생계를 보장해 주어야겠다는 생각이 번뜩 머리에 떠오르게 된다.

주조가 차를 선택한 데에는 몇 가지 이유가 있었다. 첫째, 그가 호위를 맡았던 도쿠가와 이에사토가 시즈오카 번지사인 점, 둘째, 차의 수출 전망이 아주 밝고 값이 좋은 데다 번에서도 차 재배를 적극 장려하고 있었던 점, 셋째, 무술 외에는 아는 것이 없는 사족士族이지만 대부분 20~30대의 젊은 노동력으로 지금까지의 일사불란한 조직 체계를 그대로 활용할 수 있다는 점, 마지막으로 마키노하라 일대가 번 직령藩直領으로 방치된 황무지여서 토지 사용권을 얻기에 용이할 것이라는 점 등이 고려되었다.

칼 대신 낫과 가래로 일군 다원

주조 가게아키는 부하들을 설득한 다음 즉시 번을 찾아가, "들리는 바에 의하면 마키노하라 일대는 불모지이자 수로도 없고, 사람들이 거들떠보지 않은 지가 수백 년이다. 만약에 나에게 이 땅을 준다면 있는 힘을 다해 개간하는 데 일생을 바치겠다."라고 했다. 그의 단호한 예기銳氣에 감동한 나머지 번지사 도쿠가와 이에사토는 메이지 2년1869에 1,425ha의 땅을 개간하도록 허가하고, 주조를 책임자로 지정함에 따라 약 250호의 사족과 그에 따른 가족의 입식入植이 시작되었다. 그러나 앞서 말한 바와 같이 마키노하라는 평지보다 약간 높은 대지臺地이면서 물이 없고, 강산성 홍적층洪積層이자 메마른 땅으로 개간의 어려움은 예고된 일이었다. 볼품없는 소나무와 온갖 잡목과 가냘픈 대나무가 무성한 대지에 초라한 오두막집을 짓고 밭을 일구기 시작했다.

칼 대신 낫과 가래와 같은 연장으로 나무뿌리까지 캐내어 가면서 메마른 땅을 알맞은 깊이로 개간한다는 것은 여간 어려운 일이 아니었다. 열 사람을 한 조로 편성하여 하루 100평씩 개간하는 것을 목표로 정했으나, 처음 경험하는 노동이라 날이 갈수록 작업의 능률은 떨어지고 아파 눕는 사람들이 속출하는가 하면, 적응하지 못하고 이탈하는 사족도 발생하였다. 그러나 개간은 강행되고 이미 개간한 약 500ha에는 그때마다 차나무 씨앗이 파종되어, 입식으로부터 4~5년이 지난 1873년경부

다시 보는 차 문화

마키노하라 대다원

터는 약간의 찻잎을 채취할 수 있게 되었다.

입식자들은 제다 기술이 전혀 없었으므로 대부분은 오두막의 좁은 공간에서 인근에 사는 농민들을 고용하여 제다를 하기에 이르렀다. 이 무렵 메이지 정부는 주조의 탁월한 지도력과 책임감, 그리고 열정에 감동한 나머지 수차에 걸쳐 가나가와 현神奈川縣 지사가 되기를 권유하였으나, "한번 산에 오른 이상 산에서 내려가지 않겠다. 내 죽어 여기 차나무의 밑거름이 되겠다."라는 말로 끝내 단호히 거절하였다.

이렇게 개간이 진행되는 기간에 상당수의 입식자가 고통을 이겨 내지 못하고 이농하게 된다. 메이지 9년1876 한 지방 신문의 기사에, "시즈오카 현의 사족들은 추운 겨울인데도 솜옷을 입은 사람을 보기 어렵고 똥장군 마개 같은 머리를 한 200명 남짓한 사람들이 차밭을 일구고 있다."라고 적혀 있는 것으로 보아 그들의 삶이 인간으로서 참기 힘든 한계 상황에 있었음을 절감하게 된다.

일본 개척사의 선각자, 주조 가게아키

한편으로는 제2의 선구자 격인 가와고시 닌조쿠川越人足들의 입식도 진행되었다. 가와고시 닌조쿠란 에도 시대 이후 행해졌던 교통 제도로 주민의 자유로운 왕래를 통제하기 위해서 요충지의 강에 다리나 도선을 놓지 않고 허가받은 사람들만 목마나 가마에 태워 건너게 하는 도침渡浸 제도이다. 마키노하라 동쪽을 흐르는 오이 강에 약 1,300여 명의 인부가 있었으나, 이 제도가 메이지 3년1870에 폐지되자 이들 또한 대부분이 오갈 데 없이 실직하고 말았다. 이와 같이 불시에 실직자가 된 이들을 구제하기 위해 지방 유지들이 힘을 모아 메이지 정부에 직소하여 사족들이 입식한 지 약 2년 후에 입식하게 되었으나, 이들 또한 사족들과 별반 다를 바 없이 고통스럽기는 마찬가지였다.

사족에 이어 가와고시 닌조쿠가 입식하여 차밭을 일구는 모습을 눈여겨보던 인근 마을의 농민들까지 속속 차밭 개간에 가세함에 따라, 마키노하라는 서서히 일본 제일의 대다원으로 변모해 간다. 실로 한 지도자의 선견과 불굴의 의지가 낳은 이 마키노하라 대다원은 오늘의 일본을 있게 한 개척사에 깊이 새겨져 있다. 그로부터 개간할 수 있는 모든 땅은 다원이 되고, 주조가 그토록 소망했던 공동 제다 공장과 제다 회사를 세웠으며, 제다의 기계화도 이루어져서 명실공히 세계 제일의 다원으로 발전하기에 이르렀다.

이렇게 주조 가게아키는 개인의 명예와 호사는 모두 멀리하고 부하 사족에 대한 책임과 약속을 지킴으로써 검객이 아닌 위대한 개척자로서 일본의 개척사에 길이 이름을 남기게 되었다. 그는 1896년 1월 19일 눈보라 치는 추운 겨울 72세의 나이로 마기노하라의 조촐한 움막에서 조용히 영면하였다. 평소 소망하던 마키노하라 차밭의 밑거름이 된 것이다. 사족 책임자로서 그의 임무가 모두 끝난 것이다.

일본의 오이시 사다오大石貞男는 그의 저서『시즈오카현 차산지사静岡縣茶産地史』에서 주조 가게아키를 가리켜 "한 시대가 저무는 시기에 살면서 새 시대의 길을 개척하고 죽은 선각자였다."라고 하였다.

우레시노

대다수의 교훈

일본 규슈九州 후쿠오카 시福岡市에서 버스로 약 2시간 거리인 사가 현佐賀縣 우레시노嬉野 온천에서 내려 다시 후도 산不動山 사라야다니皿屋谷 계곡 쪽으로 10여 분 가다 보면 약간 경사진 밭 언저리에 '우레시노차 발상지'라는 큰 표지석이 서 있고 그 바로 뒤 언덕에는 균형 잡히고 단아한 모습을 한 차나무 한 그루가 삼연森然히 서 있다. 이 차나무가 일본 사람들이 말하는 이른바 우레시노의 대다수大茶樹이다.

큰 차나무, 즉 대다수라고 말할 때에는 나무의 키樹高가 크고 나이도 많이 먹은 노거수老巨樹라는 두 가지의 의미를 함축한 말로서 단순히 키 큰 나무 또는 키 크기에 상관없이 나이 먹은 나무와는 구분이 되는 개념 이라고 할 것이다. 통상적으로 나이에 상관없이 키 큰 나무를 거목, 또 한 키 크기에 상관없이 나이 많은 나무를 고목이라고 불러 노거수와 구 별하고 있다.

수고 약 4m에 8개의 주간主幹, 35개의 수간樹幹, 가지둘레枝張 동서 8.15m에 남북 8.3m, 가지면적 약 100m², 최대 뿌리둘레根回 38cm에 달하는 이 나무는 지금으로부터 약 350년 전후에 심어진 일본에서 가장 크고 오래된 차나무로 확인됨에 따라 1928년 10월 20일 내무성 고시 제158호로 국가천연기념물로 지정되어 보존되고 있다.

일본의 대표적인 차 문화 저술가인 마쓰시다 사도루松下智는 이 나무가 소엽 저목성 관목계小葉低木性灌木系 차나무로는 아마도 세계에서 제일 크고 오래된 나무일 것이라고 조심스레 말한다. 중국 윈난 성雲南省 등지에서 보는 500년, 1천 년 이상으로 추정되는 차나무는 모두 대엽종 교목계大葉種喬木系 차나무로 소엽 저목성 관목계에 비하여 나무가 월등히 크고 오래 산다는 것이 정설이다.

몇 해 전부터 우리나라에서 대다수에 대한 관심이 높아지고 있다. 그 뒷이야기가 실로 놀랍다. 200년 내외의 차나무가 한두 달 사이에 1천 년으로 둔갑하는 요술을 부리고 있는가 하면, 그 나무 찻잎으로 만든 차는 엄청난 값으로 거래되었다고 한다. 사실이 아니기를 바라지만 아무튼 머리가 멍해진다. 과학적인 뒷받침이나 사실성 없이 수령樹齡을 아무렇게나 과장하거나, 특정인의 문화적 편견을 충족시키는 대상이 되거나, 치졸한 상업성이 개입된다면 우리의 차 문화에 커다란 누태를 남기는 웃음거리가 되고 말 것이기에 걱정스럽기만 하다.

이와 같은 왜곡이나 추졸한 일이 없도록 하기 위하여 우레시노 대다수에서 대다수가 갖는 의미를 찾아보고자 한다.

첫째, 대다수는 산수적 개념에서가 아니라 차 문화사적 관점에서 인식되고 그 가치가 평가되어야 한다. 일본차의 전래는 가마쿠라 시대1192~1333 초기 일본 임제종臨濟宗의 개조인 에이사이榮西, 1141~1215 선사가 송나라 천태산天台山 만년사萬年寺와 천동산天童山 경덕선사景德禪寺 등지에서 임제선臨濟禪을 배우고 1191년 돌아오는 길에 차 씨앗을 가져와 지금의 규슈 후쿠오카 현과 사가 현의 경계에 위치한 배진산背振山 영선사靈仙寺에서 가까운 석상방石上坊에 파종하였다. 이것이 일본 최초의 차 재배지가 된 것이다. 나가사키 현長崎縣의 히라도平戶 섬에 있는 천광사千光寺 부춘원富春園에 맨 먼저 파종하였다고도 하나, 계획적으로 파종하기는 석상방이라는 것이 정설이다.

그 후 에이사이는 교토京都에 일본 최초의 선사인 건인사建仁寺를 개산하면서 고산사高山寺의 법제자인 묘우에明惠 스님에게 석상방의 씨앗을 주어 심게 하였다. 묘우에는 이를 교토 북서부 도가노오栂尾에 심은 후 인근 여러 사찰에 나누어 심게 함으로써 차 재배 지역과 면적이 광범해졌으며, 동시에 수확이 늘어나고 음다 인구 또한 점차 확산되면서 일본 차 문화의 여명기를 맞이하게 된다. 이 차가 일본차의 본류를 이루는 혼차本茶이다. 그러나 세월의 흐름에 따라 이 도가노 다원이 점차 황폐해지고 그로부터 분양받은 우지차宇治茶의 품질이 우월해지면서 혼차가 우지차로 자리바꿈하게 되었다.

다른 한편, 배진산 석상방에 심어졌던 차나무는 당나라에서 건너온 도공陶工의 후예가 1440년 우레시노 사라야다니에 정착하면서 자가 소비용으로 재배해 왔는데 이를 우레시노차의 시초라고 말한다.

그 후 1500년대 초에는 명나라 사람 홍령민洪令民이 가마덖음차釜炒茶 제다법을 전수하는 등으로 우레시노차의 명맥이 간신히 유지되어 왔지만, 본격적으로 재배되고 산업화한 것은 요시무라 신베吉村新兵衛, 1603~1657에 의해서다. 사가 번사佐賀藩士인 신베는 번의 경비를 소홀히 한 죄로 번주藩主로부터 할복자결의 명이 내려졌으나, 그의 할아버지와 아버지가 쌓은 과거의 무공이 참작되어 사면이 내리자 그 은혜에 보답하는 뜻에서 후세에 길이 남을 일을 하겠다는 각오로 석상방에서 차씨를 모아 사라야다니 일대에 파종하고 제다에 힘씀으로써 일본 명차의 하나인 우레시노차를 창시하기에 이르렀다.

현존하는 우레시노 대다수는 신베가 1648~1652년간에 심었던 차나무인 것으로 전해져 내려오고 있다. 신베는 사면을 내려준 번주 나베시마 가쓰시게鍋島勝茂가 1657년 3월 24일 에도에서 서거했다는 소식을 전해 듣자 애통해하며 같은 해 4월 11일 새벽 55세의 나이로 순사追服殉死했다. 그 후 그의 공덕을 기려 1934년 대다수 아래 언덕에 송덕비를 건립하고 매년 4월 신차 채취 전에 '다조 신베제茶祖新兵衛祭'를 지내며 유덕을 기리고 있다.

『우레시노 정사嬉野町史』, 『고향 역사 이야기』, 『사가현의 문화재』, 『가쿠가와다도대사전角川茶道大事典』, 『다도사전』, 『일본차엽발달사』, 『차의 모든 것』 등의 저작들에도 한결같이 우레시노 대다수의 식재 연대와 생활사가 자세히 기술되어 있고, 대다수가 갖는 문화사적 의미와 지역, 나아가서는 국가 경제에 공헌한 역사적 사실을 기술하고 있다. 이와 같이 대다수는 역사적으로 수령이 또렷이 실증되거나 문화사적 의미가 함께해야 한다. 그저 오래된 나무이거나 조금 크다는 이유만이라면 식물학적 범주에 속한다고 할 것이다.

둘째, 대다수는 설령 사실성이 다소 희박하다 하더라도 기나긴 세월을 거쳐 오는 동안 토속적 정서가 깊이 배어 있거나 구전으로 내려오는 설화가 있는 나무여야 한다. 이를테면 우리나라의 정이품송正二品松과 같은 경우이다. 충북 보은군 내속리면 속리산으로 들어가는 길 복판에 우뚝 서 있는 노거수를 보자. 이 소나무는 수령이 약 600년 전후의 나무로 추정되고 크기는 높이 15m, 가슴높이 둘레 4.5m인데, 1464년 세조임금이 가마를 타고 법주사를 가기 위해 소나무 아래를 지나면서 "가마가 걸린다."라고 말하자 소나무가 스스로 가지를 버쩍 들어올려 어가가 무사히 지나도록 도왔다고 한다. 이에 세조 임금은 소나무에 정이품을 내려 화답하였다는 것이다. 보은 속리 정이품송은 천연기념물 제103호로 지정되어 있다.

또한 임진왜란 때 침입해 오는 왜병들의 눈을 가리게 하여 성을 지켰다는 전남 광양시 유당공원의 이팝나무천연기념물 제235호, 마의 태자가 나라 잃은 설움을 안고 금강산으로 가는 길목에 심었다고도 하고 신라의 큰스님 의상대사가 평소 짚고 다니던 지팡이를 꽂고 간 것이 오늘의 경기도 양평군 용문사 은행나무천연기념물 제30호라는 등과 같은 경우이다.

셋째, 차나무의 외형적인 모습이다. 우리가 평소 차나무를 보고 느끼는 정서는 가목嘉木이라는, 다시 말하면 우리의 건강과 양생을 돕고 삶의 의미와 사유를 일깨우는 다양한 신체적·정신문화적 메커니즘을 동시에 갖춘 은혜로운 나무라는 인식에서 비롯되므로 수령에 걸맞은 삼연한 외모를 갖추어야 한다.

우리나라 차나무는 소엽종으로 저목성 관목이라는 특성 때문에 형태적으로 키가 작고 분지分枝가 조밀하고 개장開張하면서 약간 반원형으로 자라므로 수령이 많은 나무는 마치 한 그루의 나무인데도 여러 나무가 밀식된 것처럼 단아하면서도 장중한 외모를 하게 된다. 다만 기후조건, 토양, 관리 수준 등의 생육 환경에 따라 다소간의 개체차가 있음은 물론이다.

다시 보는 차 문화

송나라 때의 시인 소식은 「차나무를 심다種茶」라는 시에서 솔숲에서 자라는 차나무가 소나무에 가려 여위고 가시덤불과 잡초에 엉클어져 쇠잔해 있는 모습을 안타까워하면서 이렇게 노래하였다.

하늘이 버리셨는가	天公所遺棄
백 년이 되어도 아직 어리네	百歲仍稚幼
차 싹 또한 제대로 자라지 못하니	紫笋雖不長
허약한 뿌리만으로 그저 목숨만 붙어 있음일세	孤根乃獨壽

이 시에서 백 년이 되어도 아직 어리다는 구절을 생각해 보자. 만약에 500년 후에도 이 나무가 살아 있었다면 얼마나 자랐을까? 그리고 나무의 모양새는 어떠할까? 지나치게 가설적일지 모르겠으나 아마도 수령에 걸맞은 성장을 기대하기는 어렵지 않을까 하는 생각이다.

그처럼 500년 이상 된 차나무나, 가령 비탈진 곳에 2~3m 짤막한 키에 몇 개의 가녀린 수간을 한 퇴영적退嬰的이자 퇴연頹然한 나무를 수령이 많다 하여 대다수라고 천연기념물로 지정한다면 얼마나 비웃음 살 일인가.

우레시노 대다수는 1926년大正 15, 1930년昭和 5, 1956년昭和 31 세 차례에 걸친 큰 태풍으로 나뭇가지가 많이 부러지는 재난을 입기도 하였다. 특히 1956년도의 태풍에는 전체 5분의 2의 가지가 부러지는 큰 시련을 겪기도 하였으나, 방풍림을 조성하여 바람을 막고 나무 외연에 새끼줄을 쳐서 눈의 피해를 막는 설조雪弔, 유키즈리를 설치하는 등 철저히 관리하였다. 지금은 예스럽고 유한幽閑한 운치가 감도는 한 폭의 분경盆景을

우레시노 대다수와 필자

보는 듯하다.

넷째, 대다수에 대한 용어 사용에 좀 더 신중해야 한다. "한국에서 가장 키가 크고 오래된 한국 최고" 등의 표현은 지나치다. 국토 전 지역을 낱낱이 전수조사全數調査하지 않고 몇 사람의, 일부 한정된 지역에 대한 육안 답사만으로 그 이상의 다수가 없는 양 단언하는 것은 바람직하지 않다. 한국 최고가 아닌 "○○山 대다수또는 ○○山 큰 차나무"라야 한다. 부언하면 대다수는 등급이나 순위를 가리는 것이 아니므로 하나가 아닌 둘 이상일 수 있기 때문이다. 그래서 중국이나 일본에는 복수의 대다수가 있다. 다만 1천 년이나 2천 년 등 아주 오래되고 수세가 중후한 나무에 한해서 '차나무 중의 어른 차나무' 또는 '할아버지뻘 되는 차나무'라는 뜻에서 "다수왕茶樹王" 등으로 병칭하면서 존경을 표하고 있다.

차나무는 하늘이 우리 인류에게 내린 무소부지無所不至의 섭리이자 차문화의 근원이다. 그렇기 때문에 차나무를 아끼고 사랑하고 존숭하는 마음은 차 문화의 사상적 시원이라는 점을 깊이 새겨 대다수의 선정으로부터 천연기념물의 지정, 유지 관리를 겸허히 하는 순연純然한 마음 다짐이 있어야 할 것이다.

란슈쿠의

「주다론」 소고

일본 선승과 차

을진사乙津寺는 일본 3대 청류淸流의 하나인 중부 동해 지방 기후 시岐阜市의 나가라가와長良川 하구 가가미시마鏡島에 소재하는 절로 일명 매사梅寺라고도 한다. 전해 내려오는 이야기로 이 절은 중국 불교의 한 종파인 법상종法相宗으로 나라 시대 유식론唯識論의 대가인 행기行基, 668~749선승을 개조開祖로 한다. 행기선승은 아버지가 백제계 사람으로 알려져 있는데, 그의 밑으로 많은 승려가 모여들었고 포교와 더불어 나라 현의 영산사靈山寺, 장궁사長弓寺와 교토의 보적사寶積寺, 오사카의 금강사金剛寺, 효은사孝恩寺, 가원사家原寺, 희광사喜光寺, 사자굴사獅子窟寺와 시가 현滋賀縣의 금강륜사金剛輪寺 등 수많은 사찰을 창건한 대승이다.

「주다론酒茶論」을 저술한 란슈쿠蘭叔 선승은 휘諱가 현수玄秀이고, 법상종인 을진사와 교토에 있는 묘심사妙心寺를 거쳐 법상종의 원로가 된 선사이다. 그가 1576년天正 4년에 쓴 「주다론」은 2,089자로 된 짧막한 글에 불과하지만 술과 차에 관한 고사를 통해서 중국과 인도의 선미禪味를 접

다시 보는 차 문화

할 수 있고, 해학적이면서 필력도 빼어나 에도 시대 이후 일본에서 널리 읽혀져 왔다.

「주다론」은 을진사에 보관되어 왔으나 제2차 세계대전 때의 공습으로 을진사와 함께 소실되었다. 그러나 다행스럽게도 또 한 권이 교토의 묘심사 양덕원養德院에 보존되어 있었는데, 이는 양덕원의 제1세 고다쿠 소군功澤宗勳이 란슈쿠 선승의 법사法嗣로서 사제지간이었던 점으로 미루어 보아 선사의 자필본을 내려받은 것으로 보고 있다. 차와 술에 관한 저서로는 당나라 때 왕부가 저술한 「다주론茶酒論」과 함께 차 문화사상 쌍벽을 이루는 진귀하고 흥미로운 담론서이다.

일본 음다의 간략한 역사

일본에서 차를 처음 마신 시기는 사료상 헤이안 시대平安時代, 794~1192 초기이다. 『일본후기日本後紀』에 의하면 홍인弘仁 6년815 4월 22일 사가 천황嵯峨天皇이 시가 현 범석사梵釋寺에서 에이추永忠, 743~816 스님이 달인 차를 마셨다는 기록이 가장 오래된 것이다. 에이추는 유학승으로 당에 건너가 35년 동안 있다가 805년에 귀국하였는데, 이때 일행 중에는 사이초最澄도 있었다. 또한 구카이空海 등 일본차의 여명기를 밝힌 다수의 사람들은 대부분 당이나 송의 유학승으로, 주로 당나라 풍속에 젖어 있어서 일본의 다풍은 그 한계에서 벗어날 수 없었으나 시간이 흐름에 따라 당나라식 다풍은 매력을 잃기 시작하였다.

그 후 가마쿠라 시대에 에이사이榮西 승려가 두 차례에 걸쳐 송나라를 방문했는데, 특히 1187년 두 번째 갔을 때는 천태산 만년사와 천동산 경덕선사 등에서 약 4년간 임제학臨濟學을 수학했다. 에이사이는 차에 의약적 효능이 많다는 것을 깨닫고 귀국하는 길에 차 씨앗을 가져와, 지금의 나가사키 현 히라토 시平戶市에 있는 천광사千光寺 부춘원富春園과 후쿠오카 현과 사가 현의 현계에 위치한 배진산背振山 영선사靈仙寺 경내에 파종하였다. 이때 영선사에 파종된 씨앗이 전국의 여러 사찰에 보급되고 무가에서 이를 적극 수용함으로써 일본의 차 문화가 급속도로 확산되는 계기가 되었다.

에이사이는 송나라에서 돌아온 해로부터 21년이 되는 1211년 71세 되던 봄에 일본 최초의 차에 관한 저서이자 일본 차 문화의 효시인『끽다양생기喫茶養生記』를 저술하였다. "차는 사람을 양생하는 선약이며 장수의 묘약이다."라는 서문으로 시작된 이 책은 차의 약효를 불교와 연관하여 설명하고, 여러 가지 중국의 고문헌을 인용하여 차의 재배와 제다, 저장 그리고 음다를 기술한 실용적인 다서로서 다도 보급에 선구적 역할을 하였다.

약용 음료에서 기호 음료로

대부분 약용만으로 쓰이던 차가 기호 음료로 바뀌기는 가마쿠라 시대 후기부터의 일이다. 차에 대한 의약적 효능과 더불어 마실 거리로 변질해 나가면서 투차鬪茶 놀이가 점차 유행하게 된다. 투차의 시초는 일반적으로 당나라 때로 보고 있으며, 발상지는 공차 생산지로 유명한 젠저우建州라고 한다. 신차가 생산되면 차 농가들이 모여 차 맛으로 제다 기술을 겨루는데, 차의 탕색과 탕화표면에 뜨는 포말의 두 가지 항목으로 승자를 결정하였다. 송나라 때 일본으로 건너온 투차는 차요리아이茶寄合 또는 차쇼부茶勝負라고도 불렸는데, 헤이안 시대 후기에 귀족과 무사들 사이에 성행하였다. 특히 묘우에明惠上人가 에이사이로부터 차 씨앗을 받아 그가 거처하던 도가노오栂尾의 고산사高山寺 경내에 심었던 차나무로 만든 차를 진짜 차本茶로 하고, 그 외의 차를 가짜 차非茶로 구분하여 진짜와 가짜本非를 가리는 시합에서 성적이 우수한 사람에게 상을 내리는 방식이었다.

시간이 흐름에 따라 차를 가리는 데 그치지 않고 네 종류의 차를 열 번 마셔 보고 어떤 차인가를 가려내는 '사종십복차四種十服茶'가 생겨나고, 차종도 10종 이상에서 20종 이상으로 늘어나는 등 다양해져 갔다. 투차가 끝나고 나면 술과 음식珍酒佳肴을 즐기고 유녀遊女와 어울리는 등 상류 무사뿐 아니라 귀족이나 사찰에서도 투차에 빠져들었다. 그 밖에도 차의 맛, 산지, 수품水品 등을 알아맞히는 유기遊技 형식으로 내기와 음탕한 놀이가 횡행하였다.

무로마치 시대室町時代, 1336~1573의 다회와 끽다의 지식을 총망라한『끽다왕래喫茶往来』에는 소란스럽고 난잡했던 당시의 풍습이 낱낱이 적혀 있다. 그런 가운데서도 차를 즐기는 풍조는 사원에서 무가 사회로, 그리고 일반 서민의 생활 속으로 깊숙이 스며들고 있었다. 특히 남북조1336~1392 전란기에 활약하던 신흥 귀족들은 투차에 대한 집념이 강하여 투차와 동시에 중국에서 들여온 고가의 다구나 미술품을 서원에 전시해 두고, 차를 즐기는 사람들數寄을 불러 모아 풍류하는 다풍이 일고 있었다.

일본 초기의 차는 선종에서는 양생의 묘약으로, 무가에서는 유교적인 대의명분과 불교적인 인과응보의 사상을 무사 정신으로 수용함으로써 빠르게 확산되었으나, 시간이 흐름에 따라 방종과 패륜의 온상이 되고 사치의 도구로 전락한다. 1336년建武 3 11월에 성립한 전문 17조의 아시카가 막부법足利幕府法 「건무식목建武式目」에 의하면 막되게 구는 무리婆娑羅나 신분과 지위를 무시하고 노는 주연酒宴. 無禮講 풍조를 엄히 다스리고, 다회茶寄合나 연가회連歌會 등 무리를 지어 술과 유희를 즐기는 행동群飲佚遊 또한 엄히 제한한 점으로 미루어 보아 당시의 상황이 얼마나 심각했는지를 알 수 있다. 방종을 매개하는 것은 술이었다. 다도, 투차, 주연의 3요소로 다사茶事가 행해지던 차 문화의 혼돈기에 무로마치 시대의 무라타 주코村田珠光. 1423~1502와 다케노 조오武野紹鷗. 1502~1555, 아즈치모모야마 시대安土桃山時代. 1576~1603의 센 리큐千利休. 1522~1591, 이 세 사람의 다인에 의해서 오늘의 일본 다도가 제 모습을 갖추게 된다.

차와 술의 조화 「주다론」

나라奈良의 칭명사稱名寺에 있던 주코는 당나라에서 들여온 호화찬란한 미에 비하여 다소 거칠고 모자란 듯한 미를 주장하고 그 속에서 정신적으로 만족을 얻는 길이 차의 나아갈 길이라고 하여 사치의 상징이었던 당나라의 풍물唐物을 거부하였다. 동시에 차와 선은 일미茶禪一味라 하여 차와 선을 하나의 범주에 넣음으로써 나락의 수렁에 빠진 차의 이상을 구하려 하였다. 즉 다선일미 사상을 내세워 타락의 원인이 된 주연을 다도에서 추방하여 정화 개혁하려 한 것이다.

조오는 주코의 문하에서 다도를 배운 사람으로 초가집 암자풍草庵風의 작은 차실을 창건하는 등 차에 와비佗び의 경지를 열어 주코의 사상을 보완 발전시켜 나갔다. 조오에게 사사한 센 리큐는 차실과 노지露地를 초암풍의 양식으로 완성하고, 다구는 당물과 고려물高麗物을 멀리하면서 와비 차에 적합하도록 개량하거나 창안하여 차의 작법作法을 정형

화했다. 무절제하고 방종했던 차 문화를 화和·경敬·청清·적寂을 실천적 도덕으로 하여 와비의 이상을 추구하는 일본적 문화로 축성하기에 이른다. 따라서 주코가 술의 해악을 들어 다회에서 철저하게 추방하려는 데 반하여 제자인 조오와 센 리큐는 다도에 부분적으로 수용한다. 일본 다회의 지주삼헌旨酒三獻이 그와 같은 것이다. 이러한 시대 풍조에 편승하여 이류異類 군담 소설軍談小說[11]과 논리의 전개 방식이 아주 흡사한 「주다론」이 등장한다.

가마쿠라 시대에 접어들어 무가의 세력이 점점 커지면서 조정과 신흥 무가 정권이 대립과 타협을 거듭하며 우아하고 섬세한 귀족 문화와 현실적이고 실질적인 무가 문화가 양립하는 가운데 대륙 문화를 적극적으로 받아들이고 불교적 세계관의 영향을 받게 된다. 특히 무가 사회의 등장으로 전쟁과 무용담을 소재로 하여 사실史實에 가공적인 요소를 가미하여 흥미롭게 만들어진 군담 소설이 등장한다.

가마쿠라 시대에 헤이케平家 일가의 영화와 겐페이源平의 싸움으로 인하여 몰락하는 과정을 묘사한 『헤이케 이야기平家物語』를 비롯하여, 헤이안 시대에 일어난 호겐保元의 난을 배경으로 한 『호겐 이야기保元物語』와 그 자매편으로 헤이지平治의 난의 전말과 무장들의 활약상을 엮은 『헤이지 이야기平治物語』 등이 있다. 또한 남북조 시대로부터 가마쿠라 막부의 멸망과 그 후의 쟁란기의 이야기를 담은 40권에 달하는 방대한 양의 『다이헤이키太平記』, 소가曾我 형제가 원수를 물리치는 이야기와 그 후일

---

[11] 군담 소설을 일본에서는 군기 이야기(軍記物語)라고 하는데, 군기라고는 하지만 사실에 충실하게 쓰인 글이 아니고 무용담이나 영예 등을 후세에 전하기 위한 픽션이다.

담을 다룬『소가 이야기曾我物語』, 무로마치 시대 미나모토 요시쓰네源義經의 유년기와 유랑기를 다룬『요시쓰네 이야기義經物語』등 수다한 군담 이야기가 있다. 무인들이 전횡하는 사회에서 무인 사회의 영고성쇠가 문학 작품의 주요 소재가 되고 사회 전반에 미치는 영향 또한 대단하였다. 이러한 군담 문화는 한걸음 더 나아가 사람이 아닌 동식물이나 귀신 등을 의인화하여 어떤 메시지를 함축하는 이류 군담의 세계를 낳았다. 몇 가지 사례를 들어 보자.

사례 1 : 술과 떡의 싸움酒餅合戰

술과 떡은 서로 자기가 잘났다고 자랑한다. 이들의 말다툼이 길어지면서 술은 과음하여 곤드레만드레 잠들고, 떡도 너무 많이 먹어 포만감으로 잠들게 된다. 한참 후 이들이 깨어나자 무가 나타나 술이나 떡 모두 알맞게 고루 먹어야 한다며 중재하여 화평을 찾는다.

사례 2 : 술과 차의 싸움酒茶合戰

새 차 단지茶壺의 봉함을 개봉하여 갖는 첫 다회口切り에서 만난 상호上戶 ■12와 하호下戶 ■13의 말다툼이 싸움이 되고 만다. 주군酒軍은 야마토 국大和國 제백諸白, 정백미로 빚은 고급술을 대장으로 하고, 최상등급 우지차宇治茶를 대장으로 하는 다군茶軍은 진을 차지하기 위해 평등원平等院 ■14으로

■12 술을 많이 마시는 사람을 일컫는다. 하호와 더불어 헤이안 시대에 주로 많이 쓰던 말로 고호(高戶)라고도 불렸다. 중국에서는 당나라 이전부터 대호(大戶), 소호(小戶)라 부르기도 하였다.

■13 술을 못하는 사람.

■14 교토 부 우지 시(宇治市)에 있는 천태종(天台宗)의 절. 봉황당(鳳凰堂)으로 유명하다.

다시 보는 차 문화

향한다. 다과茶菓, 茶請가 다군의 원군이 되어 가세한 가운데 우지천宇治川의 싸움이 시작되지만 물고기들과 새들의 중재로 화평을 되찾는다.

사례 3 : 술과 밥의 싸움酒飯論

상호上戶가 먼저 여러 가지 고사를 인용하면서 술의 덕을 이야기한 다음 '나무아미타불南無阿彌陀佛'이라 읊는다. 이어서 하호下戶가 나서서 밥이 제일이라고 말한 다음 '나무묘법연화경南無妙法蓮華經'이라 읊는다. 마지막으로 중호中戶가 나타나서 무슨 일이든 중용中庸이 좋은 것이라고 말한 다음 '나무삼보南無三寶'라고 읊는다. 이상과 유사한 군담의 흐름에서 「주다론」이 전개되는데 줄거리를 요약해서 옮겨 본다.

> 한적한 봄날 한낮에, 한 사람은 꽃나무 사이에 멍석을 깔고 앉아 술을 마시고 또 한 사람은 소나무 옆에 놓인 평상에 앉아 차를 마시고 있다. 두 사람은 서로 마주 보며 한가로이 봄놀이를 즐기게 되었다. 술을 마시는 사람의 이름은 망우군忘憂君■15이고 차를 마시는 사람은 척번자滌煩子■16이다. 서로 인사가 끝나자 망우군이 척번자에게 먼저 말을 건넨다. "당신은 차의 덕을 말하십시오. 나는 술의 덕을 이야기하리다." 하니 기다렸다는 듯이 논쟁은 시작된다.

술을 마시면 근심을 잊는다는 망우군과 차를 마시면 번민을 없애 준다는 척번자 사이에 서로 공덕을 자랑하기 시작한다.

■15 술의 이명(異名).
■16 차의 이명.

척번자 : 석가釋迦가 계셨을 적에 파갈타婆竭陀[17]가 술에 취하여 실수를
하니 그 연유로 음주계飮酒戒를 만들어 내리셨다. 석가의 제자인 목련
존자目連尊者[18]는 사람이 술을 마시면 삼십육실三十六失[19]을 범하게
된다고 하였다. 그래서 부처님은 술을 엄히 경계하라 하였다. 술은 일
신을 망치는 것이다.

망우군 : 당신은 실없는 소리만 늘어놓고 있다. 석가는 "술은 감로甘露의
양약이다."라고 말씀하셨고, 파사익왕波斯匿王[20]의 말리 부인末利夫
人[21]이 음주계를 범했을 때는 "계를 범하기는 하였으나 대공덕을 얻
었다."라 하셨으며, 보살菩薩은 "남에게 술을 베푸는 것은 불법상 잘
못이 아니다."라고 말씀하셨다. 그리고 일체장경一切藏經[22]에도 술의
덕에 대한 이야기는 자주 나오지만 차의 덕에 대하여 적혀 있다는 이
야기는 듣지도 못하였고, 유교의 육경六經[23]에도 차의 덕에 대해서는
아무 말이 없다.

척번자 : 칠불七佛[24]의 스승인 문수대사文殊大士도 차를 즐겨 마셨다. 예
로부터 부처님에게는 차를 올리지 술을 공양하지는 않았다. 이 세상
에 차보다 청아한 것이 어디 있겠는가. 조주화상趙州和尚도 차를 마심

---

[17] 석가의 제자 중 한 사람. 술을 마시고 실수를 저지른 일이 있어 석가가 음주를 금하는 계를 내
렸다고 전한다.
[18] 석가 십대 제자의 한 사람으로 신통(神通) 제일이라 칭하는 사람.
[19] 불전에 있는 36가지의 술의 해악.
[20] 사위국(舍衛國) 왕 범수왕(梵授王)의 아들로 부처님과 같은 날에 태어났다고 한다.
[21] 파사익왕의 둘째 부인으로 왕에게 술을 올렸다고 한다.
[22] 대장경(大藏經).
[23] 『역경』, 『서경』, 『시경』, 『춘추』, 『예기』, 『악기』.
[24] 지난 세상에 나타난 과거칠불(過去七佛).

다시 보는 차 문화

으로써 칠백의 갑자甲子를 누리셨다. 풍혈선사風穴禪師는 삼순三巡의 예도를 바로잡았고, 위산화상潙山和尙은 차를 마심으로써 사물의 이치體用를 깨달았으며, 향암화상香巖和尙은 차를 마시고 좋은 해몽을 하게 되었다. 그 밖에도 많은 화상이 차를 즐겼다. 이 모두가 총림의 성사이다.

망우군 : 진晉나라의 도취한陶醉漢 [25]은 언제나 술을 사랑하였지만 한 점의 속기俗氣도 없었다. 그래서 제1달마라고 부른다. 승가에서는 반야탕般若湯이라 하지 않은가. 천하를 잃고 몸을 버리는 것은 술 탓이 아니다.

척번자 : 하夏나라의 걸왕桀王과 은殷의 주왕紂王은 술이 지나쳐 천하를 잃었다.

망우군 : 옛날 성천자聖天子인 요제堯帝는 술잔을 포갤수록 그 인덕이 만고에 뻗쳤다 하고, 공자가 술잔을 기울이면 그 덕이 사해四海에 넘쳤다고 한다. 의적儀狄 [26]이 술을 빚으면 하나라의 우왕禹王은 이를 마셨다. 위魏나라의 두강杜康이 술을 만들어 무제武帝에게 올리니 "내 근심을 지울 수 있는 것은 오로지 두강의 술뿐이로다."라 하였다. 또 은의 고종高宗은 맑은 술을 성인聖人, 탁한 술을 현인賢人이라 하였는데 성인과 현인이라는 것도 술에서 비롯된 말이다. 옛사람들의 말에 따르면 술을 마셔도 취하지도 않고 깨어나지도 않고醒 마시는 것을 중이라 하였다는데, 아마도 중용中庸의 길이라는 말도 술에서 비롯된 것이

■25 진나라 도잠(陶潛, 365~427), 도연명(陶淵明)이다. 술을 사랑했으나 언제나 유연하였다.
■26 하나라 때 처음으로 술을 만든 사람. 후에 술의 이명이 되기도 하였다.

아닌가 한다. 또한 사기에서는 "술은 백약의 우두머리"라고 하였다.

척번자 : 신농으로부터 시작된 차는 노나라의 주공周公을 비롯한 많은 사람이 즐겨 마셨다. 이 세상에는 사람과 금수, 산천, 초목류가 있으나 사람에게 가장 존귀한 것이 차다. 차茶 자를 풀어 보면 사람人이 풀草과 나무木 사이에 있는 것으로 되어 있다. 술은 물 수水 변에 새鳥가 있다고 자랑하지만 새가 금수인 이상 어찌 인간에 필적하겠는가.

망우군 : 인간에게는 귀천이 있고 상과 하의 위계가 있다. 혹시라도 사람이 풀과 나무의 사이에 있는 것이라면 어찌 귀족 공자가 되겠는가. 당나라의 이백과 두보는 천하에 알려진 유명인이다. 언제나 물가水邊에서 노니는 새를 사랑하였으며, 당대 두 마리의 새가 되어 그 날개가 천하를 안았었다.

척번자 : 성성猩猩[27]이 취해 말하고 비비狒狒[28]가 끊임없이 사람을 웃기는 것과 같은 말이다. 사람은 금수를 귀하다고 생각하지 않는다. 차는 때로는 봉황단鳳凰團이 되기도 하고 벽용단壁龍團이 되기도 한다. 이것들을 우리기 위하여 기린탄麒麟炭[29]을 사용하는데 이것들은 금수의 우두머리이다. 다구는 금·은·주옥·동·철·토석으로 만드는데 그 값은 기천만 냥이다. 호사가는 보물로 비장한다. 그 하나라도 손에 넣는다면 명성이 천하에 나리라. 이에 반해서 술 도구는 반문전半文錢도 되지 않는다.

망우군 : 풍류는 본래 온자蘊藉한 것이어서 값으로 말할 수 없는 것이다.

■27 상상의 동물로 술을 잘 마시고 춤도 잘 춘다고 한다.
■28 사람을 닮은 짐승. 사람을 보면 언제나 웃는 버릇이 있다.
■29 기린은 중국에서는 상상의 동물로 인수(仁獸)로 여긴다. 기린탄은 상등탄을 말한다.

　　　　　　　　　　　　　　　다시 보는 차 문화

그러나 술잔에도 금잔과 은잔이 있고 약옥선藥玉船■30이라는 귀중한 술잔도 있다. 또한 계절을 타지 않는 것이 술이다. 봄에는 도이원桃李園 꽃밭에 앉아 달에 취하고, 여름에는 죽엽주竹葉酒를 마시며 더위를 물리치고 시원한 바람을 맞이한다. 가을은 숲 속 빨갛게 물든 홍엽을 모아 술을 데우고, 눈 오는 겨울에도 추위를 피할 수 있다. 당나라 시인 고적高適은 "술은 차보다 낫다."라고 하지 않았는가.

척번자 : 차 역시 사계와 밤낮에 구애받지 않는다. 예로부터 차를 즐기는 사람이 많지만 육우와 노동이 제1등이다.

망우자 : 주성酒星■31은 하늘에서 반짝이고 주천酒泉은 땅에서 솟아난다. 그 중간에 인간이 있어 술을 마시지 않은 사람이 없다. 진의 칠현七賢과 팔달八達■32이, 당에서는 육일六逸■33과 팔선八仙■34이 있다. 유현석劉玄石■35이 천 일을 취했고, 순우곤淳于髡■36은 칠십팔두七十八斗를 마셨다. 왕적王績■37은 주경酒經을 쓰고 유백륜劉伯倫■38은 「주덕송酒德頌」을 지었다. 왕과 고관대작은 술로써 나라를 다스리는 수단으로 하였

■30 술잔의 명기. 송나라 소동파의 시 「시약옥배시(試藥玉盃詩)」에 나오는 말이다.

■31 당나라 이백의 시 「월하독작(月下獨酌)」에 나오는 말로 술의 별.

■32 「진서」 광일전(光逸傳)에 나오는 여덟 은둔자.

■33 당나라 때 산에 숨어 술에 젖어 살았다는 여섯 사람들. 이백이 대표적인 인물이다.

■34 당나라 때 술을 사랑했던 이백을 포함한 여덟 문인. 음중(飮中)의 팔선(八仙).

■35 유현석은 술집에서 술 마시고 크게 취하여 집에 돌아가 잠들었는데, 집에서는 죽은 줄 알고 장사를 지내고 나서 천 일 후에 관을 열어 봤더니 그제야 술에서 깨어났다고 한다.

■36 전국 시대 제나라 사람으로 위왕이 밤늦도록 술 마시지 못하도록 간하였다.

■37 당나라 시인. 술이 좋아 관직을 마다하였다. 스스로를 오두선생(五斗先生)이라 하고 일음오두 (一飮五斗)하였다.

■38 진나라 사람으로 술을 좋아하였고 술을 찬양한 「주덕송」으로 유명하다.

고, 사농공상士農工商은 술을 위안으로 삼았다. 환과고독鰥寡孤獨[39]한 사람에게는 술이 수심을 지워 준다. 일찍이 초楚나라의 대부大夫 굴원屈原은 혼자 멀쩡히 있다 하여 쫓겨나고, 송나라 태사太史 소자유蘇子由[40]는 술을 마시지 못한다 하여 무능한 사람으로 낙인찍혔다. 이 두 사람은 술 때문에 손해를 본 것이다. 원결元結은 술을 마시지 않는 사람을 악객惡客이라 하였으니 당신도 악객인 셈이다.

척번자 : 말할 나위 없이 다소간에 차를 즐기지 않는 자는 사람이 아니다.

이어서 도가노차가 제일이고 다음이 우지차라는 말을 하고 있는데 곁에 한 사람의 한인閑人이 나타나 말하기를, "천하도 태평하고 좋은 철입니다. 나는 술도 잘 마시고 차도 마시지만 이 둘은 어느 편이 이기고 지는 것이 옳을까요. 두 어른께서는 나의 노래 들어 보소."라고 노래하며 화해시킨다.

소나무 위 구름 한가롭고, 꽃밭에 노을 졌네	松上雲閑花上霞
두 노인 서로 마주 보고 말다툼하니 호사롭네	翁翁相對鬪豪奢
나는 말하네, 둘은 천하에 가장 빼어난 우물尤物[41]이라	吾言天下兩尤物
술은 술이요, 차는 차일세.	酒亦酒哉茶亦茶

■39 『맹자』「양혜왕하편(梁惠王下篇)」에 나오는 말. 천하에서 가장 쓸쓸한 사람, 즉 늙은 홀아비, 늙고 서방 없는 과부, 어려서 부모 잃은 고아, 자식 없는 늙은이를 말한다.
■40 송나라 시인으로 소동파의 아우.
■41 가장 좋은 물건.

중용의 지혜

당나라 때 향공진사鄉貢進士 왕부王敷가 지은 「다주론茶酒論」은 란슈쿠의 「주다론」보다 약 830여 년 앞서 찬한 것으로, 1907년 영국의 스타인과 1908년 프랑스 정부에서 파견된 중앙아시아 문화재 조사단장 펠리오에 의해서 중국 간쑤 성 북서부에 위치한 둔황의 막고굴에서 발견되어 런던의 브리태니커도서관과 프랑스 파리 국립도서관에 각각 소장되어 있다.

두 가지의 담론을 비교해 보면 시대적인 배경이나 문장의 구성, 의인설정 등에 차이가 있기는 하지만 왕부의 「다주론」이 차에 무게를 두는반면, 란슈쿠는 술에 비중을 두면서도 둘 다 차의 덕과 술의 덕을 인정하고 화해한다.

어느 한쪽에도 더하고 덜함이 없고, 승자도 패자도 없는 절묘한 중용의 지혜를 볼 수 있다.

센 리큐 시대에 와서 찬한 「주다론」은 술의 폐해를 사실적이고 구체적이면서 실증적으로 제시함으로써 차 문화 정화의 당위성과 필연성을 논리적으로 제시하고 있으면서도, 망우자가 주장하는 술의 덕을 자세히들여다보면 주장 그 자체가 자기의 덕을 대변하는 듯한 코믹한 구성으로 되어 있어 야릇한 뉘앙스를 풍긴다.

육우의 『다경』「육지음六之飮」을 보면 술과 차의 성질을 지적하고 있다."목마름을 구하려면 미음漿을, 근심과 울분을 덜려면 술을 마시며, 혼매昏寐를 씻으려면 차를 마신다."라고 하였다. 이와 같이 술과 차는 성질이상이한 마실 거리이다. 본성이 상이하므로 사회적·문화적 역할 또한 다른 것이다. 어느 한쪽이 좋고 나쁘다는 양良, 불량不良과 선善, 악惡이 아

「다주론」과 「주다론」의 비교

	「다주론」	「주다론」
저자	향공진사 왕부	선승 란슈쿠
시기	당 천보(天寶) 원년(742) – 중당 후반기	천정(天正) 4년(1576) – 아즈치모모야마 시대 초기
시대 배경	• 도가적 무위자연 사상 만연 • 당시(唐詩) 전성기 – 이백, 두보, 고적, 원결 등 • 음차의 일반화 – 공차 폐해	• 선종, 무가 음다 주도 • 투차(鬪茶) 폐해 만연 • 군담 문화의 태동 • 일본 차 문화 형성기
문장 구성	• 차 문헌 최초의 구어문 – 1,009자로 속어(俗語)를 혼용한 음영물(吟詠物) • 자찬과 헐뜯음 – 해학적이고 고사 인용 많음	• 2,089자로 구성 – 산문 형식 • 자찬과 헐뜯음 – 해학적이면서 고사 이용 많음
의인 설정	차, 술	• 술 – 망우군(忘憂君) • 차 – 척번자(滌煩子)
논쟁 성향	차＞술 무승부	술＝차(무승부)
중재역	물(水)	한인(閑人)

니라 수평과 등가等價의 존재이다.

이러한 사상은 잇큐 소준一休宗純[42]으로부터 주창되어 온 다선일미, 즉 주색酒色을 다회에서 완전히 추방하려는 주코의 적극적인 주장에 대하여 다케노 조오와 센 리큐에 의해서 제한적으로 완화되어 수용된다. 란슈쿠 선승은 이 점을 중용의 사상으로 풀이하였다. 속인은 술을 찬미하고, 차는 유현하고 신묘하다는 통속화된 사상을 거부한 것이다. 망우자와 척번자의 자리에 홀연히 나타난 어느 한인은 "둘은 천하에 가장 빼어난 우물이라, 술은 술이요 차는 차일세"라고 말한다.

---

[42] 무로마치 시대의 시승. 자유분방한 기행으로 일화가 많다.

이류 군담의 해학적인 요소와 사실적 요소를 차 문화에 도입하고, 광범하고 깊이 있는 고사의 인용과 운치 있고 해학적인 문장은 차 문화의 고전으로 높이 평가할 만하다.

차인,

육유의 슬픈 연가

  남송 시인 육유陸游, 1125~1210는 정치가이자 시인으로 자는 무관務觀, 호는 방옹放翁이다. 월주산음越州山陰, 현재의 저장 성 사오싱紹興 출신으로 남송의 대표적 시인이자 현존하는 시만 9,200여 수에 달하는 것으로도 유명하다. 육유는 남송이 중원을 금金에게 빼앗기고 굴욕적인 화친책을 펴면서 겨우 명맥을 유지하고 지낼 때, 항전과 실지 회복을 주장하는 주전파로서 그의 시풍에는 애국적인 시와 한적한 나날을 노래한 두 가지의 측면을 엿볼 수 있다. 「정동원에서 물 길어 차를 달인다丁東院汲泉煮茶」, 「임안의 봄비 처음으로 개이고臨安春雨初霽」 등으로 우리에게 익숙한 차인이기도 한 그는 당대當代의 시인으로는 금기시되던 연정을 노래하며 방황하기도 하였다.

  그는 스무 살이 되자 어머니의 사촌 조카뻘 되는 당완唐婉과 결혼하여 단란한 나날을 보내고 있었으나, 당완이 들어오고 나서 육유의 아버지와 당완의 아버지가 연이어 사망하는 우환이 겹치자 육유의 어머니는 불길한 마음이 들어서 점술사를 찾게 되었다. 이혼을 시키지 않으면 계

다시 보는 차 문화

육유

속해서 우환이 생길 것이라는 점괘가 나오자, 손자를 보기 전에 이혼시
켜야겠다는 생각으로 당완과 헤어지게 하였다. 당시로서는 부모 말을
거역하면 곧 불효자식으로 낙인찍힐 때라서 제아무리 부부 금실이 좋
아도 어찌할 수 없는 노릇이었다. 그리하여 별 도리 없이 이혼한 당완은
본래 병약한 여자였으나 송나라 황실과 혈연관계에 있는 조사정趙士程과
재혼하게 되었고, 육유 또한 왕씨 집안에서 둘째 부인을 맞았음에도 불
구하고 서로 사무치게 애절하여 결코 잊지 못하였다.

　육유가 서른한 살이 되던 어느 봄날, 그는 지난날 당완과 틈틈이 사랑
을 속삭이며 산책하던 사오싱 근교의 우적사禹蹟寺 옆에 있는 심원沈園에
서 당완을 그리워하며 소요하고 있는데, 때마침 우연히 나들이 나온 조
사정 부부와 마주치게 되었다. 이에 당완은 즉시 남편 조사정에게 그 일

을 알리고 사람을 시켜서 자리를 함께할 것을 권유하였으나, 육유는 벽에 「채두봉釵頭鳳」이라는 시 한 수만을 남기고 홀연히 사라져 버렸다.

분홍색 부드러운 손으로	紅酥手
황등주 따라 주었네	黃縢酒
세상은 봄빛으로 물들고 절 담장 버들 아름다워라	滿城春色宮墻柳
야속한 어머니 탓에	東風惡
정겨운 날은 짧게 지고	歡情薄
괴로움 안은 채	一懷愁緖
헤어진 지 얼마던고	幾年離索
아니야, 아니야, 아니야	錯錯錯

봄은 예와 같으나	春如舊
당완은 훌쩍 야위고	人空瘦
붉은 볼 적신 눈물 손수건에 배어나네	淚痕紅浥鮫綃透
복숭아꽃 질 무렵	桃花落
조용한 연못 누각에서	閑池閣
사랑 굳게 맹세했건만	山盟雖在
편지 하나 전할 길 없네	錦書難托
헛된 일이야, 헛된 일이야, 헛된 일이야	莫莫莫

육유와 당완은 이혼 후에도 어머니의 눈을 피해 가며 얼마간 만나기도 하였으나, 은밀한 만남마저 발각되어 그럴 수도 없게 되자 연모의 정

심원

은 더욱 깊어만 가고 동풍악東風惡[43]이라며 어머니를 몹시 원망하기도 한다. "봄은 예와 같으나, 당완은 훌쭉 야위고"라며 비원悲怨의 마음이 응어리진다. 안타까움도 모자라 안쓰러움이 더하여 눈시울을 적시게 하는 시구마다 대시인의 감성이 절절히 고여 있다.

 그는 「차를 맛보며試茶」에서도 그 옛날의 정한을 못 잊어 "은병과 동맷돌 갖추어 놓고, 가녀린 손으로 차 권하던 모습 생각하니 한스럽기만 하구나"라며 한탄하고 있다. 결국 심원에서 마주친 지 오래되지 않아 당완은 죽고, 육유도 어느덧 늙어 일흔다섯이 되던 해에 지난날을 회상하며 심원을 찾아 별리의 아픔을 구슬프게 읊었다.

––––––––––––––––––––––––

[43] 어머니를 봄날의 거친 동풍에 비유하였다.

성벽은 석양에 물들고 화각 슬피우네	城上斜陽畵角哀
심원의 연못과 누대樓臺는 옛 모습이 아니로다	沈園非復舊池臺
다리 아래 봄 물결, 녹색 물결 일지만 내 마음은 아프기만 하여라	
	傷心橋下春波綠
날아가는 기러기 모습의 그 사람 그림자 비춰 주던 곳	曾是驚鴻照影來
꿈은 조각나고 향기 사라진 지 40년	夢斷香消四十年
심원 버드나무도 늙어 솜털마저 날지를 않네	沈園柳老不吹綿
이 몸 이제 계산稽山 ■44의 흙 될 몸이건만	此身行作稽山土
지금도 여전이 추억 어린 곳 찾으니 눈물 넘쳐흐르네	猶弔遺蹤一泫然

남송의 대시인 육유는 이 시를 지은 지 11년이 지나 86세의 나이로 영면하였다. "아니야, 헛된 일이야"라며 울부짖던 그는 저 머나먼 곳에서 당완을 품에 안았으리라.

육유의 시는 애정시가 금기시되던 유교 문화 전성기에 쓰여진 시이다 보니, 더욱 애절하고 감회가 새롭다. 그의 호가 말해 주듯이 과연 호방豪放한 방옹放翁이기도 하다.

■44 사오싱 인근에 있는 회계산(會稽山).

제3부

서양 차 문화 이야기

식물 사냥꾼의

미끼가 된 차나무

식물 사냥plant hunting이라는 용어가 있다. 우리가 듣기에 익숙하지 않은 이 용어는 17세기에서 20세기 초에 걸쳐 정원 가꾸기와 수렵에 도취했던 영국 상류 사회의 생활 행태에 비유하여 영국인 스스로가 지어낸 말이다.

서구 사회에서는 자연주의가 싹트고 자유분방한 낭만주의와 조화되어 이상주의가 팽배했을 무렵, 네덜란드의 동양 진출이 본격화되면서 희귀 식물의 보고라 할 수 있는 아시아의 녹색 신비가 조금씩 모습을 드러내기 시작하였다. 중상주의 사상의 태동으로 개인이나 국가의 부가 축적되면서 영국은 물론 네덜란드, 프랑스, 독일, 특히 서유럽권을 중심으로 정원 문화가 전성기를 맞이하는 것을 계기로 식물 사냥이 성행하게 된다. 이러한 식물 사냥은 다른 나라에 서식하는 희귀 식물과 그 종자를 몰래 훔쳐 오거나 그렇지 않으면 원주민을 매수하거나 기만하기도 하고, 심지어는 회유와 폭력, 살상 등 무자비한 방법으로 약탈해 왔기 때문에 그런 무법 잔혹한 행태를 저지르는 사람들을 수렵에 비유하여 식물 사냥꾼plant hunter이라고 부르게 되었다. 이러한 식물 사냥은 정부나 귀족들 외에도 많은 애호가들의 의뢰를 받아 세계 각지에서 국경 없이 행해졌고, 희귀 식물의 값은 보석을 능가하는 경우도 허다하였다.

사냥꾼은 대부분 식물원이나 식물에 관심이 많던 정부나 개인의 원예가들로 구성된 조합 및 원예협회에 고용된 사람들로 주류를 이루었으나, 식물학이 의학에서 완전히 분리되기 이전인 당시의 의학은 약용 식물에 상당 부분을 의존하고 있었으므로 그에 대한 지식을 갖추고 있던 의사 역시 식물 사냥꾼과 더불어 불가분의 관계에 있는 협조자였다. 더구나 외국에 파견된 공무원, 선교사, 군인이나 사적인 여행자까지도 누구나 다 식물 사냥에 혈안이 되고 있었다.

세상의 식물은 모두 유럽인, 특히 영국인의 관상용이나 약용, 향료와 식용 등 명예와 사치와 치부를 위한 전리품으로 변신하기에 이르렀다. 생물분류학의 기초를 다지는 데 결정적인 역할을 했던 스웨덴 출신의 식물학자 카를 린네Carl von Linné마저도 이러한 식물 사냥꾼들의 행동을 왕이나 영웅에 비유하면서 찬양하고 부추길 정도였으니 당시의 시대 정황이 눈에 잡힐 듯하다.

이러한 식물 사냥꾼들이 주로 노리던 식물 사냥터는 인도와 미얀마 그리고 원시적인 고산 지대인 티베트와 양쯔 강, 황하 강, 이라와디 강, 메콩 강, 살윈 강 유역과 그 지류 지역으로 정상이 눈으로 덮인 거대한 고산 지대에 서식하는 내한성 혹은 반내한성 기후에 서식하는 키 큰 나무나 관목 그리고 다년생 식물이 선호되었다.

내한성 식물이 선호되었던 이유는 그 당시에 야생 식물을 서양 정원에 도입하여 유명해진 서양 정원의 개혁자 아일랜드인 윌리엄 로빈슨

William Robinson, 1838~1935의 영향이 컸다. 로빈슨은 정원사로 있으면서 언제나 겨울이 되면 온실 관리 때문에 힘들고 지친 나머지 어느 해에 온실 관리를 소홀히 하여 고가의 식물을 모두 서리 맞게 방치하였다가 죽게 한 것이다. 그로 인하여 아일랜드에서 영원히 추방되었으나, 이를 계기로 점차 정원에 지나친 인공을 가하지 않고 겨울에도 온실이 아닌 노지에서 재배할 수 있는 내한성 식물을 선호하는 새로운 정원 기법이 유행하기 시작하였다. 고산 식물Alpine plant을 정원에 도입하면 난방을 하지 않고도 야생 식물을 재배할 수 있는 편이성과 경제적인 이점이 있기 때문이었다.

식물 사냥꾼들의 사냥의 대상은 다음과 같은 측면에서 살펴볼 수 있다. 첫째, 희소가치가 높은 아름답고 향기로운 꽃이었다. 식물 사냥이 심했던 영국은 물론 네덜란드와 서유럽 여러 나라들은 고생대에 대조산운동大造山運動이 반복적으로 일어나고 긴 빙하기에 추위에 약한 많은 식물들이 절멸하여 식물의 종류가 많지 않고 토질도 식물이 자라기에 적당하지 않았을 뿐만 아니라, 매우 음울하고 변덕스러운 날씨로 인하여 화려한 화단을 선호하게 된 것이다. 더구나 낙농 사업의 발달과 급진적인 초기 산업화는 임야의 황폐화를 초래하여 산야 식물은 보잘것없이 황폐해져 갔다.

이와 같은 여건에서 식물 사냥으로 포획된 아름답고 향기로운 이국의 꽃을 본 영국인이나 유럽인들은 너나 할 것 없이 그 황홀함에 말문을 열지 못하였다. 한 예로 지금으로부터 약 300여 년 전 네덜란드에서는 튤립에 매료된 식물 애호가들에 의해서 마침내 일확천금을 노리는 일대 투기 사건이 벌어졌다. 어떤 학자는 그 현상을 짧지만 '집단적 광기'라

식물 사냥꾼의 행장

는 말로 표현한 바 있다. 작은 꽃 한 송이가 한 나라의 경제를 뒤흔들고 오늘에 이르기까지 세계사에 교훈이 되고 있으니 도무지 믿어지지 않는 일이다.

18세기 초 프랑스 정부에 의해서 북미 미시시피 강 개발 계획으로 야기된 미시시피 버블Mississippi Bubble과 그로부터 얼마 후에 영국에서 일어난 남해 버블South Sea Bubble과 더불어 근세 유럽의 3대 버블 사건 중의 하나이자 세계 최초의 버블 경제 사건인 튤립 버블Tulip Bubble 사건의 주역이 되었다.

튤립의 발상지는 키르기스스탄과 중국의 국경에 위치한 톈산 산맥天山山脈으로 전해지고 있다. 오스만 터키의 세력이 강대해지면서 튤립과 만나고 16세기에 이르러 외교관의 행낭에 숨겨져 유럽 각지로 조금씩 전파되기 시작하였으나, 진정한 매력을 인정받은 계기는 식물학자 카를로스 클루시우스Carolus Clusius의 연구 결과 때문이었다. 튤립 구근을 연구

해 오던 클루시우스는 1593년 독일 프랑크푸르트에서 네덜란드의 라이덴 대학으로 옮겨오면서 가지고 온 여러 종류의 진귀한 튤립 구근을 외부에 유출되지 않도록 관리에 철저를 기하였으나 여러 차례 도둑을 맞게 되었다. 이렇게 도둑맞은 구근은 애호가들의 손으로 넘어가 번식되어 엄청난 고가에 거래되었다.

흡사 루이 16세의 정원에 재배하던 감자를 도둑맞아 전 유럽으로 급속히 전파된 경우나, 나폴레옹의 처 조제핀이 전용 궁전에서 정성껏 가꾸던 290주의 달리아 중에서 100주를 정원 관리사가 훔쳐 내 널리 전파시킨 경우와 같아서, 외국에서 사냥해 들여온 진귀한 식물들은 희소가치를 노려 독점되기를 원했으나 오래지 않아 또 다른 사냥꾼들에 의해 사냥된 물건이라는 오명을 안은 채 널리 퍼지게 되는 경우가 대부분이었다.

오늘날 튤립은 쉽게 볼 수 있는 식물이지만 당시로서는 요염하고 희귀한 값비싼 보물이었다. 큰 저택과 튤립 구근 한 개를 맞바꾸기도 하고, 딸의 결혼 지참금으로 구근 한 개를 가져간 것이 사회적인 선망의 대상이 되어 큰 화젯거리로 떠올랐다는 이야기를 통해서도 알 수 있듯이, 튤립은 금은보화 이상의 고가로 거래됨으로써 튤립 투기가 일고 마침내 이러한 투기의 광기는 네덜란드 전역으로 확산되었다.

더구나 놀라운 사실은 프로테스탄트와 가톨릭 사이에 벌어진 30년 전쟁의 와중에도 현물 거래가 아닌 한 통의 계약서만으로 1천만 개 이상의 '가공의 종이 구근Paper Tulip'이 거래되는 등 일확천금을 노리는 허황된 열기는 더해만 갔다. 그러나 현물 공급이 수요에 전혀 따르지 못하는 불균형 속에서 상승적으로 일어나는 허수의 경제는 마침내 종언의 시기만을 기다리고 있었다.

1637년 4월 27일 네덜란드 정부가 튤립에 대한 계약도 다른 일반 계약처럼 선물 거래가 아닌 현물 거래를 하여야 한다는 법률을 시행하자 끝내 혼란의 소용돌이 속으로 빠져들고 말았다. 이에 따라 돌연한 대폭락이 일어나고 거래가 완전히 끊기면서 수많은 투기꾼들이 한순간에 패가망신하고 말았다. 유복했던 나라 네덜란드의 광란은 거품으로 부풀어 오른 튤립의 망령에서 헤어나면서 서서히 막을 내리게 된 것이다. 이것이 그 유명한 튤립 버블 사건이다.

둘째, 식물 사냥꾼들의 사냥 대상은 사냥이나 번식이 어렵고 고상한 품위를 갖춘 식물이었다. 난이 그 대표적인 식물로 집중적인 사냥의 표적이 되었다. 귀족이나 부유층에서는 신분을 나타내는 카스트 마크caste marks가 될 법한 식물을 소유하고 싶어 했다. 특히 희귀하고 신비로운 향기와 이국적인 정서가 풍기면서도 뿌리는 관절염과 구순염, 종양과 최음催淫에 특효가 있다고 믿어졌던 난은 일차적인 표적이 되었다. 프레더릭 보일Frederick Boyle은 그의 저서 『난에 대하여About Orchids』에서 "이 식물은 특권층을 위로하기 위하여 특별히 디자인된 것이다."라고 말할 정도였으니 서구인들을 열광시키기에 충분한 환상적인 식물이었다.

이러한 난에 대한 넘치는 수요를 충당하기 위하여 난 사냥꾼들은 오지와 미개인이 사는 정글까지 가지 않는 곳이 없었다. 사냥 길은 멀고 고단하고 목숨을 거는 일이었다. 같은 사냥꾼끼리 감추고 음해를 가하기도 하고 질투와 시기, 칼부림도 마다하지 않고 살인까지 행해졌다. 심지어는 난이 다른 사냥꾼에게 넘어가는 것을 막기 위해서 산을 온통 불태워 버리기까지 하였다. 이처럼 난은 식물 사냥사에 가장 치열한 광태를 부린 식물이자 사냥꾼이 찾는 대표적인 노다지 식물이었다.

셋째, 또한 사냥 대상으로는 식용이나 약용, 공예 따위에 쓰이는 경제 식물이었다. 이 식물은 어떤 개인을 떠나 국가 경제에 엄청난 부를 안겨 다 주는 자원이며 경제 식물이다. 흔히 녹색의 보물이라 일컬어지기도 한다. 그 한 예로 브라질산 고무나무를 들 수 있다.

영국 큐왕립식물원Royal Botanic Gardens Kew에서는 1875년 브라질산 고무 나무를 얻기 위하여 젊은 식물학자 헨리 위컴Henry Wickham을 학술 연구 원으로 위장 파견, 브라질 정부의 감시가 느슨했던 아마존 강 중류 지역 산타렘Santarém 일대에서 원주민을 회유 또는 매수하여 파라고무나무Para rubber tree 종자 7만 개를 훔쳐 내어 배 밑창에 감춰 큐식물원으로 옮겨 오는 데 성공하였다. 그중에서 발아에 성공한 3천 개의 묘목을 원래 파 라고무나무가 자라던 아마존 강 유역과 자연조건이 흡사한 미얀마와 말 레이시아 일대에 심어 2천 그루의 어미나무를 확보함으로써 영국의 식 민 전성 시대의 기초가 되고 나아가서는 산업 발전의 발판이 되었다.

또한 경제 식물에는 세계 3대 음료의 하나인 차의 원료가 되는 차나 무가 있다. 차나무 역시 어느 나무 못지않게 식물 사냥꾼의 표적이 되었 다. 중국과 유럽 여러 나라와의 차 무역이 날로 증대해지자 유럽에서는 은의 유출을 막기 위해 몇 가지 대안이 시도된다. 당대의 저명한 식물학 자 린네는 "유럽의 모든 은이 아무런 대안 없이 무차별하게 새어 나가는 문을 틀어막는 것이야말로 시급한 일이다", "중국이나 일본에서처럼 유 럽이나 스웨덴 최남단 지방에서도 틀림없이 차는 재배된다."라며 "불쌍 한 중국인들은 앞으로 엄청난 양의 금을 잃을 것"이라는 말을 공공연하 게 하고 다녔다.

다시 보는 차 문화

한편으로는 중국 몰래 차 씨앗을 훔쳐 오게 되는데 그때마다 본국으로 오는 배에서는 적도의 뜨거운 열을 이기지 못하고 기름기 많은 배아胚芽가 썩고 말았었다. 그 무렵 어느 식물학자가 러시아 정부의 대상隊商을 따라 뜨겁지 않은 북부 육로를 이용하여 운반하면 썩지 않을 것이라고 말하자, 린네는 좋아서 어쩔 줄 몰라 하며 껑충껑충 춤을 추었다는 일화가 있으나 끝내 실현되지는 않았다. 또한 1757년 스웨덴 동인도 회사에서는 긴 여행을 이겨 낸 중국 차나무 두 그루를 린네에게 보낸 일이 있었으나 꽃이 피고 나서야 차나무가 아닌 동백나무山茶 Camellia Japonica임이 밝혀지자 크게 실망한 일도 있었다고 한다.

유럽 여러 나라는 차 소비가 급증함에 따라 파생하는 은의 과다 소비, 즉 경제적 불균형을 타개하기 위하여 두 가지 대안을 놓고 몰두하게 되었다. 그 하나는 차를 자체 생산하는 일, 즉 자급자족하는 일이요, 다른 하나는 새로운 상품을 개발하여 중국 시장에 팔아서 은을 다시 회수해 오는 방법이었으나 마땅한 상품을 찾기가 여간 버거운 일이 아니었다.

이상 두 가지 대안을 타개하는 첫째 방안으로는 중국으로부터 차 종자를 훔쳐 와 대규모 다원을 조성하여 자급자족은 물론 무역 상품으로 특화하는 것이고, 둘째는 식민지 인도에 면과 아편을 대대적으로 재배하여 중국에 내다 파는 일이었다. 그런 연유로 대규모 다원 조성에는 차나무 종자 확보가 우선이었기 때문에 종자를 구하는 데 혈안이었다. 차나무의 재배가 처음 시도된 것은 영국에 앞서서 네덜란드 동인도 회사에 의해서였는데, 유럽의 차 무역을 독점하고 있던 관계로 수입한 완제품을 판매하여 이익을 보는 데 만족하다가 마침내 인도네시아 자바Java섬에서 차밭을 일구려고 시도하였다. 그런데 그 시기는 우연하게도 영국인 로버트 브루스Robert Bruce 형제가 인도 아삼Assam 주 오지 사디야의 산중에서 야생의 차를 발견한 1823년과 때를 같이한다.

한편 네덜란드 군에 복무하던 독일인 군의관 지볼트Philipp Franz von Siebold는 동아시아의 네덜란드 식민지를 통치하는 자카르타에 주둔하면서 그곳 총독의 명에 따라 일본으로 건너가 일본의 지리와 지형을 염탐하고 차나무 종자를 훔쳐 자바로 보내는 임무를 맡았다. 당시로서는 지도상에 아직 일본이 나타나 있지 않은 때였기 때문에 임무는 막중한 것이었다. 그가 1823년 8월 일본의 규슈 남단 나가사키長崎에 있는 데지마出島에 도착하였을 때는 일본이 1639년 이후 줄곧 쇄국을 철저히 하고 있던 때였다. 다만 에도 막부는 유일하게 1.3ha의 인공섬인 데지마를 조성하여 네덜란드에 한해서 상관商館을 운영하도록 허용하고 있었기 때문에 그곳에 체류하는 네덜란드 인의 의료를 맡는다는 명목으로 가게 된 것이다.

지볼트는 일본에 대한 정보 수집과 식물 사냥을 위해서는 먼저 나가사키 인근의 일본인들과 친숙해져야겠다는 계략으로 그곳에서 일본어를 열심히 배우면서 현지 의사들에게 현대 의학을 소개하는가 하면, 주민에 대한 무료 진료와 심지어는 현지인 여성 스노기와 결혼까지 하며 친숙해지고 신망을 얻게 되었다. 데지마 인근 지역의 자유로운 출입이 허용됨에 따라 수시로 주워 모아 두었던 차 종자를 1825년 철분 함양이 많은 점토 속에 숨겨 넣고 포장하여 인도네시아 자바 섬에 있는 보이텐조르히식물원지금의 보고르식물원, Kebun Raya Bogor으로 몰래 반출하는 데 성공하였다.

한편으로는 중국 현지 차 무역 상회에서 차 감정원으로 일하던 야콥슨Jacobson에게는 차 종자와 차에 관한 정보, 다원에서 사용되고 있는 기구와 중국인 노동자를 은밀히 모집하여 보내게 하였다. 적의에 가득한 나라에 가서 그와 같은 일을 하는 것은 지극히 위험한 일이었으나 야콥슨은 자신과 열정에 넘쳐 있었다.

야콥슨은 1828~1829년에 돌아올 때 푸젠 지방에서 차나무 11그루를 훔쳐 오고, 1830~1831년에는 243그루의 차나무와 150개의 차나무 종자를, 1831~1832년에는 다시 30만 개의 종자와 열두 사람의 중국인 기술자를 회유하여 데려왔으나 중국인들은 누군가에 의해서 한 사람씩 모두 살해되고 말았다. 그의 중국에서의 마지막 사냥인 1832~1833년에는 다시 700만 개의 종자 그리고 차 재배와 제조 기술자 등 열다섯 사람과 그가 수집한 많은 기구들을 가져올 수 있었다. 이때 중국 정부는 도둑맞은 차 종자와 중국인 기술자들을 실은 배와 야콥슨의 목에 많은 상금을 내걸고 사로잡으려 하였지만 뜻을 이루지 못하였다.

야콥슨의 배가 항구에 도착하자 축포가 울리고 성대한 축하 행사가 행해졌다. 그 후 야콥슨은 네덜란드 정부로부터 사자대십자훈장Grand Cross of the Order of the Lion을 수여받았고 자바 서부와 중부 전역에 많은 다원이 일구어지게 되었다. 그러나 아쉽게도 산업화에는 미치지 못하던 차에 1878년 영령 인도에서 아삼차의 종자를 들여온 영국인 존 피트John Peet에 의해서 묵은 중국 차나무는 보다 튼튼하고 젊은 아삼차로 교체되고 재배와 제다 방법을 개량하고 근대화시키면서 자바 다원에 일대 변화의 바람을 일으켰다.

한편 홍차 소비가 기하급수적으로 늘어나는 영국으로서는 중국차에 수요를 전적으로 의존하는 관계로 값이 비싸고 중국의 국내 정세에 따라서 수급에 불균형을 초래하는 등의 불안정 요인을 안고 있었다. 이와 같은 상황 아래 식민지인 인도 등에 대단위 다원을 조성해야 한다는 국내 여론이 비등해지자, 1822년 영국 왕립협회The Royal Society는 영국령 서인도 제도, 희망봉, 호주의 뉴사우스웨일스, 동인도 제도 등지에서 중국차를 대량으로 재배하거나 생산에 성공한 사람에게는 거액의 상금을 주겠다고 발표하기에 이르렀다. 그러나 상금을 탄 사람은 아무도 없었다.

그 당시 중국차 수입을 독점해 오던 영국 동인도 회사는 중국과의 독점적 교역이 허물어지는 것을 두려워하여 새로운 공급원을 찾는 데 지극히 소극적이었으나, 1833년 영국 의회에서 독점권을 박탈하자 태도를 바꾸어 적극적으로 새로운 플랜테이션plantation 조성에 나서기 시작하였다. 이와 같이 영국이 동인도 회사로 하여금 식민지인 인도에서 차를 재배할 정책으로 전환하자 차나무 종자의 확보, 적지 선정, 재배 기술과 차 생산 기술 도입 등의 여러 문제점이 대두되었으나 그중에서도 무엇보다 차나무 종자를 확보하는 어려움이 가장 큰 문제였다.

한편 1842년에 영국과 청나라 사이에는 난징 조약南京條約이 체결되었다. 이 조약으로 굳게 닫혀 있던 중국 내륙, 특히 식물 사냥꾼들의 꿈의 사냥터가 부분적으로나마 열리게 되었다. 홍콩을 영국에 할양하고 광저우廣州, 아모이廈門, 푸저우福州, 닝보寧波, 상하이上海 등 5개 항이 개방된 것이다. 동시에 중국 측은 조약 항의 조계 범위 안에서는 거류 외국인에 대한 감시를 완화하겠다는 약속을 하고, 공식적인 보장은 아니었으나 조약 항으로부터 30마일 범위 내에서의 여행은 보장되는 것으로 되어 있었다.

이에 따라 영국 왕립원예협회Royal Horticultural Society는 중국위원회를 조직하고 중국에 대한 식물 사냥을 본격화하기 위하여 협회에 소속되어 있던 치스윅Chiswick 온실 관리 주임인 31세의 스코틀랜드 출신 로버트 포천Robert Fortune을 중국에 파견하게 되었다. 1843년 7월에 포천이 홍콩에 도착할 무렵의 중국은 남부 지방을 중심으로 서구인을 보면 홍모紅毛라 부르고 적대적인 감정을 드러내며 가까워지려 하지 않았다. 또한 바다에는 해적이, 육지에는 산적과 도둑떼가 득실거려 자칫 목숨을 잃을 수도 있는 상황인 데다 차 산업을 국가 시책으로 엄격하게 보호 통제하고 있던 관계로 외국인 신분으로 차밭에 접근하기란 죽음을 의미하는 것이나 다름없는 위험한 일이었다.

그러한 상황에서 목숨을 잃을 뻔한 위태로운 고비를 수없이 겪으면서도 포천의 열정과 강인한 의지 그리고 맡은 일에 대한 책임감은 수그러드는 법이 없었다. 열악한 환경과 풍토병에 시달리면서 포악한 산적에 쫓기기도 하고 해적과 격렬한 해전을 치러야 했던 이루 다 말할 수 없는 고통스러운 여건에서도 굴하지 않고 차나무 사냥은 계속되었다. 비록 30마일 범위 안에서의 행동의 제약은 있었으나 값싼 노임으로 고용한 인부들에 의해 기대 이상의 성과를 거둘 수 있었다.

그러던 중 1848년에는 영국 동인도 회사의 요청으로 인도 고산 지대인 히말라야 근처에 다원을 조성하는 데 필요한 우수한 차 종자와 차 재배, 생산 기술자, 그에 필요한 제반 장비를 구하기 위해 중국인으로 변장하고 차 종자를 사냥하기 시작하였다. 그 이후 약 3년간의 실패를 거듭하다가 특별히 고안된 묘목용 유리 운반 케이스인 워디안 케이스wardian case에 넣어 보낸 실생묘實生苗가 활착活着에 성공한다. 마침내 시킴 지방의 남쪽 히말라야 산맥 남동쪽 기슭, 번개와 천둥의 전설이 숨 쉬는 다르질링Darjeeling에 세계 3대 명품 홍차의 하나인 다르질링 홍차의 플랜테이션이 조성되기 시작하였다. 그러나 자생종에 비해 상업적 가치가 못하였음에도 중국차에 대한 광신적 지지자들이 득세하고 있던 상황이라 차 종자를 계속 사냥해 오기도 하고 매입해 오는 경우가 빈번하였지만, 네덜란드 동인도 회사의 경우와 같이 종자의 발아 상태나 어린 묘목의 성장 정도가 매우 저조하였다. 그래서 "중국인은 차 종자를 외국인 손에 넘기기 전에 발아가 되지 못하도록 삶은 다음 말려 판다."라는 등의 비난을 받아야 했다. 건강한 차나무라 할지라도 생육이 저조하고 중국의 차 맛에 미치지 못하였다는 것으로 보아 생장 환경의 차이에서 오는 것이리라고 생각된다.

마침내 아삼 자생종의 보완 이식으로 다르질링에서의 플랜테이션이 완성되기에 이르렀다. 한편 태평천국의 난으로 청나라의 정국이 한창 어수선할 무렵 미합중국 정부의 은밀한 요청으로 포천은 1858년부터 차나무와 종자를 미국으로 보냈으나, 미국 또한 남북전쟁을 앞둔 혼란기를 맞아 차나무 재배 계획은 용두사미가 되고 말았다.

20세기에 들어오면서부터 차는 우리 인간의 가장 친근하고 대중적인 음료가 되었다. 그러나 그 이면에는 헤아릴 수 없이 많은 고난과 시련, 영욕과 희생이 뒤따랐다. 우리에게 건강을 담보해 준 차, 사회 관습과 인간의 이성을 일깨워 준 차, 품격 높은 생활문화를 창조해 준 차, 이 모두 은혜로운 자연에게 감사할 뿐이다.

이상 몇 가지 경우에 한하여 간략히 설명하였으나, 그 밖에도 수많은 식물이 탐욕에 찬 많은 사냥꾼에 의해서 사냥되었다. 우리나라도 예외는 아니다. 알게 모르게 수많은 사냥꾼들이 온 산야를 지나간 잔흔들이

다시 보는 차 문화

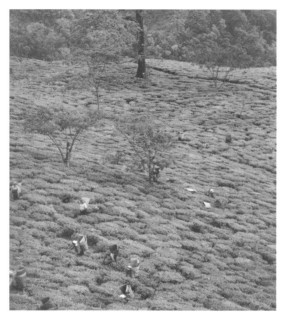

인도의 티 플랜테이션

속속 드러나고 있다.

타일러 휘틀Tyler Whittle이 저술한 『식물사냥꾼들The Plant Hunters』에 의하면 미국인 프랭크 마이어Frank Meyer, 1875~1918는 미 농무성의 지시로 동부 아시아 지역 일대를 탐험하고 사냥을 했는데 그가 다닌 곳은 우리 한반도와 중국의 대평원, 헤이룽장 성黑龍江省, 지린 성吉林省, 랴오닝 성遼寧省, 네이멍구자치구內蒙古自治區와 만리장성이 있는 란저우蘭州 등 광범한 지역으로, 주로 과수와 야채류 그리고 신종 쌀이나 콩과 가축용 식물을 찾아다녔다.

휘틀은 미국의 농민들이 마이어가 아시아에서 거두어들인 성과에 대하여 영원히 감사하게 생각해야 할 것이라고 말하고, 특히 대두를 포함한 콩류와 과수는 독특한 매력과 아름다움을 간직하고 있었다고 기술한 것으로 보아, 우리나라와 중국에서 자생하는 유용 식물의 상당수가 마이어의 사냥에 의해서 북미 지역으로 흘러 들어간 것을 알 수 있다. 그런 후에도 전국의 산야에 있는 토종 야생종 식물이 외국 사냥꾼의 사냥터가 되어 왔다. 외국의 꽃시장에서 사랑받고 있는 '미스킴 라일락Miss-Kim Lilac'이 1947년경 북한산北漢山에서 미국인이 채취해 간 우리의 라일락이라고 하니 실로 놀라운 일이다.

우리 역사에도 이와 비슷한 이야기가 없는 것은 아니다. 단지 유럽 사람들이 미개하거나 또는 그들의 지배하에 있던 식민지를 대상으로 상업주의적인 영리와 수단 방법을 가리지 않는 강압적인 횡포에 의해서 행해진 데 반해 자의적으로 이루어졌다는 점에서 큰 차이점이 있다.

고려 말의 문신인 삼우당三憂堂 문익점文益漸, 1329~1398이 원나라 조정 사신으로 가는 이공수李公遂의 서장관書狀官으로 갔다가 미움을 사, 3년 동안 유배 생활을 마치고 돌아오는 길에 그동안 그곳에서 눈여겨보아 둔 목화 씨앗 세 알을 붓두껍 속에 숨겨 와 심은 것이 계기가 되어 오늘과 같은 포근하고 튼튼하며 땀을 잘 흡수하는 무명 옷감으로 우리 민족의 생활 패턴이 바뀌게 되었다는 말이 전해 내려오기는 하지만 사실史實은 회의적이다.

마녀 커티삭의

시련

19세기 중국의 항구로부터 유럽으로 차를 나르던 쾌속 범선을 티 클리퍼Tea Clippers라 부른다. 다시 말하면 차를 쾌속으로 나르는 범선을 말한다. 과거 유럽의 식민지 전성기에 아편을 쾌속으로 나르던 범선을 '오피엄 클리퍼Opium Clippers', 양모를 나르던 클리퍼를 '울 클리퍼Wool Clippers'라고 부르게 된 것과 같다.

1600년 영국 동인도 회사가 창립되면서부터 2세기 반 동안 중국차 수입을 독점해 오던 관계로 차 운송에 경쟁의 필요성이 없었으나, 1833년 영국에서 차 수입이 자유화되면서부터 영국 동인도 회사는 독점권을 상실하고 자국의 선박에게만 운송권을 부여하던 독점적인 관행 또한 1849년 항해조례의 폐지로 없어졌다. 이에 따라 미국이나 영국에서는 선체 길이가 50~60m에 3개의 마스트를 단 웅장하고 날렵한 차 운반 전용 범선들이 중국 항로에 등장한다.

이들 쾌속 범선은 홍콩, 푸저우, 상하이 등의 항구에서 신차新茶를 싣고 남지나해를 지나 말레이 반도와 수마트라 사이에 있는 말라카 해협 아니면 수마트라 섬과 자바 사이에 있는 순다 해협을 거쳐 인도양을 가로지른 다음 아프리카의 희망봉을 돌아 대서양에 들어서서 도버 해협을 거쳐 런던 항구로 가야 하는 머나먼 항로를 남보다 빠르게 도착시키기 위해서 피나는 경쟁을 하게 된다.

좋은 예가 되는 것이 '티 클리퍼 레이스Tea Clipper Race'로 제일 먼저 도착하는 배에는 상금과 함께 명예가 주어지고 흥분한 런던 시민들은 내기를 하였는데, 그중에서도 1866년에 있었던 레이스는 사상 최고의 레이스로 영국민의 흥분을 자아냈던 대이벤트였다. 모두 11척이 참가한 이 레이스는 무려 100일 간의 숨 막히는 혈전이었다고 하니, 지금도 당시 런던까지의 항로를 혈도血道라고 부르는 까닭을 알 만하다. 이 신차의 운반이 빠르고 늦음에 따라 차의 가격에 엄청난 차이가 있었기 때문에 차상茶商들은 사업의 명운을 걸고 우수한 티 클리퍼를 확보하는 데 혈안이 되었다.

그 한 예로 1850년 미국의 클리퍼선 '오리엔탈Oriental호'가 홍콩을 출항하여 97일이라는 경이적인 기간에 1,600t의 차를 싣고 런던에 도착함으로써 선주는 다른 영국 클리퍼들의 2배 이상 되는 값으로 차를 팔아 이 한 차례의 수입만으로도 선박 건조 비용의 절반 이상을 챙길 수 있었다고 한다.

이 무렵의 티 클리퍼를 흔히 티 클리퍼의 황금시대라고 부르는데, 이 황금시대 말기인 1868년에 최신형 클리퍼 '서모필레Thermopylae호'가 등장하고 그 대항마로 '커티삭Cutty Sark호'가 등장함으로써 티 클리퍼 레이스를 즐기던 영국인의 환호는 이루 다 형언할 수 없을 정도였다.

이 배는 서모필레호 1년 후인 1869년 11월 22일 스코틀랜드 남부 클라이드 만에 면한 덤바턴Dumbarton 소재 스콧 앤드 린턴 조선소에서 건조되어 진수되었는데, 배의 제원을 보면 총 톤수 963t에 길이 86m, 너비 11m, 최고 시속 31.4km, 마스트 3개에 돛 34장, 그리고 배 전체의 의장이 호화롭게 꾸며져 있어 대범선 시대의 설계와 기술 및 자본이 집약된 범선사상 최고의 걸작으로 영국인의 자존심과 명예를 상징하는 데 부족함이 없었으나 왠지 진수 전부터 불운이 이어지고 있었다.

먼저 배의 의장을 과다하게 요구하는 선주의 과욕으로 끊임없이 물의를 일으키면서 조선소가 도산 위기에 몰렸고, 진수하기 6일 전인 11월 17일에 수에즈 운하가 개통됨으로써 해로의 거리가 5천 해리 이상 단축되고 동시에 증기선이 클리퍼의 대역을 맡게 되어 빛바랜 경사가 되고 말았다. 해운사상 일대 혁신이 일어난 것이다.

그런가 하면 첫 번째 항해에서는 선박에서 가장 중요한 키舵가 삼각

티 클리퍼의 항로

파도에 의해 파손되는 등 예기치 못한 크고 작은 일들이 자주 일어났다. 따라서 진수 후 커티삭호는 티 클리퍼 레이스에 참가해 보지도 못한 채 오직 한 차례만 중국 남해안으로부터 차를 싣고 107일 간의 항해 끝에 런던에 도착할 수 있었다는 설이 있고, 티 클리퍼의 역할을 전혀 한 일이 없었다고 아예 부정하는 사람도 있으며, 7~8회 항해했었다는 등 정확히 확인되지는 않으나 저술가 유커스William H. Ukers는 1870~1877년 사이에 여러 차례 차를 실어 운반했다고 하였다. 영국 홍차협회 또한 커티삭이 여덟 차례에 걸쳐 중국으로부터 차를 실어 운반했다고 말한다. 아무튼 제 역할을 다하지 못한 것만은 사실이다.

수에즈 운하 개통으로 차 운반도 증기선으로 바뀌면서 1878년에 홍차 운송에서 완전이 손을 뗀 커티삭호는 그로부터 5년간 뉴욕으로 황마黃麻를 나르고 버펄로 뿔을 영국으로 수송하는 등의 잡다한 일에 이용되었다. 1883년부터는 오스트레일리아로부터 양모를 운반하기도 하고 위스키 술을 운반하는 등 잡다한 일을 하다가, 1895년에는 소유권이 포르투갈 해운업자의 국적으로 바뀌면서 이름도 '페레이라Ferreira'로 개명하게 된다. 그러나 다시 1922년에 영국인 선장 윌프레드 도먼Wilfred Dowman이 사들여 커티삭으로 이름을 되찾고 동시에 대대적으로 선체 수리를 하여 본래의 모습을 찾게 되었다. 그 후 선주 도먼이 사망하자 미망인이 1938년 템스 대학에 기증하여 잉글랜드 남동부 켄트Kent에서 항해 학교 훈련선으로 사용되었다. 그 후 1951년에 커티삭 보존협회Cutty Sark Trust가 설립되면서 선체가 이관된 후 1954년 템스 강에 접한 그리니치 드라이 독dry dock에 옮겨져 1957년부터 일반 관광객에게 공개되어 왔다.

진수 당시의 큰 기대와는 달리 불운이 이어지면서 주인이 바뀌고 이

다시 보는 차 문화

름 또한 개명하는 안타까움도 겪어야 했으나, 그나마 세계에서 단 하나 남아 있는 차 클리퍼로서 영욕을 멀리한 채 역사의 광장에서 세계인의 사랑을 받아 왔다.

커티삭과 때를 같이했던 클리퍼 중에는 처참한 말로를 맞이한 경우가 허다하였다. 에리엘Ariel호는 1872년 런던에서 시드니로 가는 도중에 행방을 감추었고, 테핑Taeping호는 1871년 아모이에서 뉴욕으로 가는 도중 남지나해에서 암초에 부딪혀 침몰하였는가 하면, 세리카Serica호 또한 1872년 홍콩에서 몬테비데오로 가는 도중 난파하고, 서모필레호는 1907년 리스본에서 침몰하고 말았다. 이러한 경우에 비하면 천만다행스럽게도 오랫동안 세계인의 곁에 있는 것만으로도 자랑스럽게 생각할 수 있었으나 불운이 쌓이면 비운을 낳는 것일까. 운명은 안타깝게도 커티삭호를 참담한 역사의 나락으로 몰고 갔다.

항해 중인 커티삭

불타는 비운의 커티삭

커티삭은 일반에 공개되어 많은 사랑을 받아 왔으나 야외 독에서 전시되었기 때문에 훼손된 곳이 많아 2006년부터 공개를 일시 중단하고 1869년 건조 당시의 모습으로 복원에 들어갔다. 그러던 중 2007년 5월 21일 새벽 작업 현장에서 일어난 실화로 커티삭을 일시에 잃고 말았다. 그러나 불행 중 다행으로 선체를 분해 수리하고 있었기 때문에 돛대와 갑판의 목재와 선수상과 내외장 장식품은 다른 장소에서 별도로 수리 중이어서 안전할 수 있었다.

방송을 통해 활활 타오르는 커티삭의 마지막을 바라보면서 수많은 세계인이 얼마나 안타까워했던가. 세계 해운사의 증인이자 자랑이며 차 문화를 세계화하는 데 공헌한 근대사의 상징, 클리퍼의 마지막을 보는 마음은 한없이 착잡하고 허전할 뿐이었다.

그 후 영국 정부의 참여로 복구 계획이 수립되어 '문화미디어스포츠부 DCMS'의 산하 기관인 문화유산기금의 보조금 2,500만 파운드약 500억 원와 기부금으로 복구 공사가 완공되어 2012년 4월 25일 엘리자베스 2세 여왕의 일반 공개 선언이 있은 다음날부터 공개가 재개되었다.

커티삭의 이름은 스코틀랜드 어로 '짧은cutty 속치마sark'라는 말이다. 우리가 평소에 이별을 아쉬워하거나 한 해를 보내는 자리에서 즐겨 부르는 「올드 랭 사인Auld Lang Syne」의 작사자인 스코틀랜드 시인 로버트 번스Robert Burns, 1759~1796의 시 「태머샌터Tam O' Shanter」에 등장하는 요염한 마녀에서 유래한다. 건조 때부터 간헐적으로 일어나는 시련은 마치 마녀 커티삭의 주술인 것 같아 더욱 마음 아프다. 불운과 시련의 이력은 모두 잊어버리고 세계 차 문화사의 증인으로 길이 남았으면 한다.

커티삭의 선수상

승리의 심벌,

보스턴 티 파티 전후

.

세계 차 역사상 최대의 사건이라고 하면 단연 영국의 식민 정책에 반대하여 미국 식민지의 사람들이 1773년 12월 16일 모호크 족Mohawk으로 변장하여 보스턴 항에 수백 상자의 차를 싣고 정박해 있던 다트머스Dartmouth, 엘리너Eleanor, 비버Beaver 등 3척의 배에 침입하여 많은 차를 바다에 내버린 이른바 보스턴 티 파티일 것이다.

영국의 패권이 한창일 때 식민지였던 미국의 독립운동으로 발전하여 합중국 탄생의 단서가 되는 세계사적인 사건이 오늘날 우리가 즐겨 마시는 차로 인해서 발생했으니 참으로 놀랄 만하다. 한낱 음료수에 불과한 차가 그러한 어마어마한 사건들을 유발시킨 연유는 도대체 무엇이며 결과는 어찌 되었을까?

1614년 네덜란드가 지금의 뉴욕 중심지인 맨해튼 섬에 모피 거래소를 설치한 후로 이 섬의 남단부에 이주가 시작되었고, 1626년에는 신대륙 식민지의 초대 총독 미누이트Peter Minuit가 약 24불 상당의 값어치가 나가는 유리구슬과 장식용 소품을 인디언에게 주고 맨해튼 섬을 사들여 뉴

다시 보는 차 문화

암스테르담New Amsterdam이라 이름 짓고 본국의 암스테르담을 닮은 소도시를 조성하기 시작하였다. 뉴암스테르담으로 이주해 온 상류 사회는 그들의 모국인 네덜란드가 유럽에서 가장 먼저 차의 풍습을 수용한 국민답게 가정이나 사교계의 음료로 차를 애용하면서 여러 종류의 다구茶具들이 본국으로부터 반입되고 있었다.

한편 영국은 1606년 국왕의 칙허장에 의하여 건설된 런던 회사에 이어 1607년 제임스 강 연안에 일단의 영국민을 정착시킴으로써 제임스 타운으로 부르게 되었고, 1620년에는 본국의 종교 박해를 피하여 네덜란드에 이주해 있던 청교도 일파가 신앙의 자유를 찾아 메이플라워May-Flower호를 타고 지금의 매사추세츠 주 플리머스에 상륙하여 식민지를 넓혀 가고 있었으나 영국인들은 차에 대하여 거의 무관심한 상태였다.

뉴암스테르담을 호시탐탐 노리던 영국은 1664년에 무혈입성하여 그들의 식민 통치하에 합병시키고 뉴욕으로 개칭하였으나, 경제적인 주도권은 여전히 네덜란드 인에게 있었기 때문에 차를 마시는 관습은 그대로 남아 있었다. 그 후 1682년 퀘이커 교도에 의해서 차가 커피와 함께 상류층에 파급되면서 1690년에는 영국 본토법에 따라 미국 최초로 매사추세츠 중심 도시인 보스턴의 벤저민 해리스Benjamin Harris와 대니얼 버논Daniel Vernon 두 사람에게 공공의 장소에서 차를 팔 수 있는 면허를 내주었다. 그러나 찻값이 워낙 비싸고 일상적인 음료가 아닌 탓으로 그리 많이 팔리지 않았다.

여기서 특기할 일은 벤저민 해리스에 대한 이야기이다. 그는 런던에서 반왕당反王黨의 출판물을 발행하고 있던 반왕당파 운동가로, 신변이 위태로워지자 1686년 미국으로 탈출한 후 보스턴에 와서 신변의 안정을 찾자 런던출판소라는 인쇄소를 만들고 미국에서 최초로 주간 신문을 발행했던 사람이다.

당시에 영국에서는 홍차가 일반적으로 판매되고 있었으나 미국에서는 1712년에서야 보스턴의 약종상 자브디엘 보일스턴Zabdiel Boylston이 '녹차와 보통의 차(홍차)'의 소매 광고를 낸 적이 있었다. 무역상 토머스 가웨이Thomas Garway가 영국에서 차를 처음 거래한 1657년에 비하여 판매 면허는 33년을, 소매 광고는 실로 55년 뒤의 일이다. 그러나 18세기에 접어들어 찻값이 내리고 생활 수준이 향상되면서 차를 마시는 인구가 급격히 늘어나 은그릇이나 도자기 등의 고급스러운 다구가 영국으로부터 대량 유입되고 미국 상류 가정의 가구나 인테리어 장식에 큰 영향을 미치게 되었다.

심지어 뉴욕에서는 차에 사용할 질 좋은 물을 얻기 위해 시내 채텀과 루스벨트 가 2개소에 차 전용 펌프가 설치되기도 하였는데, 마부들이 마차에 물을 싣고 다니면서 "찻물! 찻물! 밖으로 나와서 찻물 사세요!"라고 외치면서 찻물을 파는 광경도 볼 수 있었다. 그동안 영국은 버지니아 식민지를 시발로 1733년까지 동해안 13개의 식민지를 확보하게 되었다.

1651년 영국은 네덜란드 선박들을 내몰기 위해서 항해조례를 발포하여 영국 식민지와의 무역은 영국 선박만으로 가능하도록 하였다. 다만 식민지 선박은 영국 선박으로 간주해 주는 온정적인 정책을 써 왔기 때문에 식민지로서는 아주 유리한 입장에서 무역을 할 수 있어 대단히 환영받아 왔으나, 1660년 2차 항해조례는 식민지와의 통상을 영국 본국의 상인에 한정하였기 때문에 식민지에서는 수출입세를 부담하는 큰 타격을 감수해야 할 처지가 되어 식민지 사람들의 불평이 일기 시작하였다.

1756년부터 1763년까지 영국과 프랑스 간에 7년 전쟁이 발발하였을 때 13개 식민지 사람들은 영국 편을 들어 승리를 얻는 데 큰 공헌을 했음에도, 1765년 영국은 미국에 영국군 1만 명을 주둔시킬 비용으로 연간 30만 파운드의 3분의 1인 10만 파운드를 식민지에 부담시키기 위해 인지조례印紙條例 Stamp Act를 발포하였다. 법률상·상업상의 여러 증서와 증권, 주류 판매 허가증, 신문, 책자, 광고 등에 반 페니penny에서 10파운드까지 스탬프를 찍도록 규정한 것이다. 이에 영국을 위해 이미 7년 전쟁에 참전하고 전승함으로써 단순한 속령이 아닌 자치령으로 보아야 하는 것이기 때문에 동의 없이 임의로 과세하는 것은 영국 헌법 위반이며, 자신들의 권리에 도전하는 행위라는 항의가 빗발치고 끝내 영국 상품 불매 운동으로 발전하자, 영국 상인들이 나서서 이 조례를 폐지할 것을 의회에 강력히 요구함으로써 반년 후에 인지조례는 폐지되었다. "대표 없이는 과세 없다"는 의식은 식민지인들의 불변의 신념이었다.

그러나 1767년 당시의 재무부 장관인 찰스 타운센드의 이름으로 된 타운센드법Townshend Act이 발포되어 식민지의 차, 유리, 종이, 도료에 대해서 새로운 세금이 부과되자, 이 또한 거센 불매 운동과 갖가지 저항에 부딪히면서 1770년에 차에 대한 세금만을 남기고 폐기되었다. 그 당시 중국 광둥 무역이 성했던 네덜란드 동인도 회사와 그 밖의 여러 대륙의 동인도 회사에서 사들인 차의 양이 영국 동인도 회사에서 사들였던 차보다 월등히 많았다. 그 원인은 영국이나 미국에 세금을 내지 않고 밀수로 팔려 나갔기 때문이다.

이즈음의 미국은 벌써 커다란 차의 소비 시장으로 변모해 가고 있었다. 그들은 런던으로부터 들여오는 세금 붙은 비싼 차보다 밀수로 들어오는 값싼 차를 사 마시게 된 것이다. 영국은 차가 팔리지 않자 세금을 낮추어 보기도 했지만 미국 등의 식민지에서의 매상은 오르지를 않고 영국 동인도 회사는 팔리지 않은 대량의 차를 런던의 창고에 쌓아 둔 채 파탄 위기에 몰리게 되었다.

동인도 회사는 자구책으로 의회에 압력을 넣어 1773년에 차법령Tea Act을 통과시켰다. 이 조령은 아시아에서 영국으로 들여오는 차에 대해서 수입세를 철폐하고 동시에 값싼 차를 중개인을 거치지 않고 자사의 대리인을 통하여 미국으로 직접 수출하며, 대리인은 식민지인이 지불을 거절하고 있는 차세를 지불하는 것으로 되어 있었다.

이렇게 되자 영국의 국내세가 면제된 좋은 차가 값싸고 조악한 네덜란드 차와 같은 값으로 유통되는 결과를 가져왔으나, 문제는 돈이 아니라 도의상의 문제였다. 식민지가 본국의 정치에 참여할 권한이 없는 것처럼 영국 또한 식민지에 마음대로 과세할 권한이 없다는 논리에다. 미국 시장은 이미 절차節茶 운동의 영향으로 공급 과잉 상태에 있었기 때문에 남아도는 물량을 떠맡을 상인은 나타나지 않았다.

이에 동인도 회사는 어쩔 수 없이 직접 나서서 그들 소속인 다트머스호를 비롯한 4척의 배에 차를 싣고 미국으로 출항시켰다. 다트머스호는 1773년 11월 28일 보스턴 항에 닻을 내렸고 엘리너호와 비버 호는 조금 늦게 입항하였으나, 윌리엄William호는 보스턴에 입항하지 못하고 코드 곶에서 좌초되고 말았다.

입항한 이들 배에 실린 차의 적하는 미국 수입업자를 통해서 위탁 판매하게 될 것이라는 소문이 파다하게 퍼지자 하수인荷受人의 창고를 불

다시 보는 차 문화

태워 버리는 소요가 일어났고, 한편으로는 보스턴 항에 정박 중인 3척의 선장들에게 짐을 실은 채 런던으로 되돌아가 줄 것을 종용했으나 거절당하자 그동안 쌓였던 울분이 분출되기에 이르렀다.

차 밀수와 관계되는 사람들이 주동이 되어 반영反英 운동이 격렬하게 일어나고 드디어 소동으로 발전한 것이다. 1773년 12월 16일 석양 무렵 보스턴에서 큰 군중집회가 열리고 "배에 실린 차를 소금물바닷물로 섞어 버리자"라는 구호를 신호로 모호크 인디언의 전사로 분장한 20~30명의 시민과 이를 따르는 수많은 군중이 "오늘 밤 보스턴 항은 다관이다 Boston Harbour a teapot tonight."라고 외치면서 그리핀 부두로 쇄도하더니 다트머스호를 시작으로 차례차례 배에 승선하여 싣고 온 342개의 차 상자를 세 시간도 채 안 되는 사이에 모두 바다에 내던져 버렸다.

군중들 사이에서는 "오늘 밤 보스턴 항은 다관이다", "조지 3세의 티 파티다", "그리핀 부두 만세!" 등의 연호가 쏟아져 나오기도 하고, "미국 해역에서 영국을 회유해 온 물고기에서는 짙은 차 맛이 난다", "대서양

보스턴 티 파티

에 사는 모든 물고기는 보스턴 차 사건 후 차에 물들어 까맣게 색이 변해 버렸다"라는 말들이 유행되기도 하였다.

이상이 개략적으로 엮어 본 보스턴 티 파티의 전모이다. 그로부터 수개월간 영국으로부터 운반되어 온 차는 비슷한 대접을 받았다. 1774년 3월에는 찰스턴, 필라델피아, 뉴욕, 아나폴리스와 보스턴 등

보스턴 티 파티의 지도자 리비어

지에서 다시 보스턴 차 사건과 유사한 소요가 일자, 영국은 탄압을 가중시키면서 보스턴 항을 봉쇄하고 매사추세츠 주에 대한 지배권을 강화하게 되었다. 미국으로 이민한 대부분의 사람들은 정치적 자유와 종교적 자유를 갈망하며 이주해 온 사람들이어서 어떤 간섭이나 구속도 저항의 요인이 될 수밖에 없었다.

이 강화책이 미국 식민지인들의 반감을 한층 더 높이 사서 끝내 영국에 저항하기 위하여 무기를 준비하게 되고, 1775년에는 보스턴 교외에서 영국 본국의 군대와 무력 충돌이 일어났다. 이것이 바로 미국 독립전쟁으로 확대 발전되었고, 나아가서는 미합중국 탄생의 결정적인 단서가 되었다. 독립전쟁 중이나 전쟁 직후에는 "애국하는 사람이라면 아무도 차를 마시지 않는다"는 풍조가 만연되었다. 독립 후의 미국인은 중국과 차 거래를 직접 하게 되었는데, 그 이유인즉 미국인에게 "영국의 차는 증오스러운 압제의 상징"이며 영국으로부터 오는 차를 거부하는 것은 애국자의 처신으로 당연시되었기 때문이었다. 미국인들이 차 자체를 거부한 것은 아니었다.

다시 보는 차 문화

당시 이들이 부른 모호크 족의 노래를 보면, 자유와 저항의 의지가 어떠했는지를 가늠하게 한다.

우리의 워런이 여기 있다, 용감한 리비어여,

자유와 법을 우리의 손으로 쟁취하고, 우리의 언어로 환호하자.

우리 조국의 용감하고 진정한 수호자는

결코 북쪽 해안에만 머물러 있지 않지

자유를 위해 싸우자!

청년들이여, 그리고 모이자, 서두르자

그린 드래건에서 우리의 대장을 만나자!

Our Warrens here, and brave Revere [45],

with hand to do and words to cheer for liberty and laws,

our countries 'braves' and true defenders

shell ne'er be left by the North Enders

fighting freedom's cause!

then rally, boys, and hasten on

to meet our chiefs at the Green Dragon [46]!

------

[45] 워런과 리비어는 영국의 세금 부과에 저항한 대표적 인물.

[46] 당시에 보스턴에서 가장 큰 술집. 혁명 지도자들의 회합에 이용하던 곳으로 속칭 '미국 혁명의 본부'라고도 한다.

악의 꽃,

아편전쟁과 차

아편은 마취성 극약의 대명사라 할 수 있다. 앵속과의 2년생 초인 양귀비의 껍데기에 상처를 입혀서 나오는 유액을 건조시킨 갈색 분말을 말하는데, 이를 덩이로 만든 것을 생아편이라 하고 가루로 만들어 모르핀 함량을 10%로 한 것을 아편말이라고 하여 의약용 아편으로 사용하고 있다. 또한 생아편을 물에 녹여 불용분不溶分을 제거한 후 증발 농축하여 진액으로 만든 것이 흡연용 아편이다.

17세기 영국인 의사 토머스 시드넘Thomas Sydenham이 "고통을 완화시키기 위하여 전능한 신이 인간에게 내려 준 치료제 가운데 아편처럼 만능이고 효과 있는 약물은 없다."라고 예찬했듯이 진통, 진경鎭痙, 지사止瀉, 진해鎭咳, 최면제, 마취 보조제 등으로 아편은 수천 년 전부터 우리 인간의 고통을 덜어 주는 의약품으로 쓰여 왔다. 그러나 생아편과 의약용으로 쓰이는 아편말을 제외한 흡연용 아편은 인간을 나락의 수렁으로, 황홀한 죽음으로 빠뜨리는 가공할 마약이다.

아편의 주성분인 알칼로이드alkaloid를 복용하면 일상의 억압에서 해방

다시 보는 차 문화

양귀비와 유액

감을 느낀다. 불안과 욕망이 사라지면서 환상적인 도취감에 빠진다. 프랑스의 시인 보들레르는 그의 시 「인공의 천국」에서 아편으로 만들어진 구름 위의 뜬세상을 노래하였듯이, 아편은 몽환적인 천국의 세계가 있는 데 반해 치명적 중독성이 있는, 허망한 가공의 천국과 지옥이 공존한다. 아편을 몇 차례 복용하면 상습성이 생겨 지속적으로 복용하지 않으면 안 되고 끝내 장 기능이 저하되어 변비가 생기고 오줌이 나오지 않게 되며, 경우에 따라서는 남성 기능을 상실하는 경우도 있다. 또한 신경이 손상되고 근육 경련이 일어나면서 음식을 먹어도 토해 버리고 감기가 든 것처럼 오한이 오면서 몸을 떨고 땀을 흘리는 현상이 생긴다. 이런 단계에 이르면 사회생활은 사실상 불가능하고 집 안에서 아편만을 흡입하면서 황홀감에 도취되어 지내다가 호흡 곤란과 행동 장애가 생기고 끝내 죽게 된다. 정말 가공스럽다. 이렇게 무서운 마약이 어찌 전쟁의 원인이 되고, 그와는 정반대로 천진무구하고 가녀린 차가 그 매개적인 역할을 해야 했던가. 역사는 비정하기만 하다.

18세기 후반기에 들어서면서 영국은 앞서 중국과의 무역을 선점했던 스페인, 포르투갈, 네덜란드, 프랑스를 몰아내고 무역을 거의 독점하게 된다. 이 무렵 영국 상인은 본국의 모직물, 시계, 완구류, 동남아산의 향료와 후추, 진주, 인도산의 면화를 가져와 팔고 중국으로부터는 비단과 차, 도자기 등을 사 가져갔다. 그러나 영국에서 가지고 온 물건은 잘 팔리지 않는 데 반해 차는 기호 음료로 정착되면서 소비가 비약적으로 늘어나 차 수입으로 인한 무역 불균형이 심화되어 갔다. 게다가 산업혁명이 한창 진행되고 있을 뿐 아니라, 식민지 인도 운영에 많은 은을 필요로 했으나 세계 식민지를 둘러싼 영국과 프랑스 양국 간의 7년 전쟁 1756~1763, 영국 본국과 미 식민지와의 독립전쟁1779~1785 후유증으로 은이 고갈 상태에 있던 때라 원만한 공급을 할 수 없는 상황에 처해 있었다. 그러자 영국은 그 해결책으로 두 가지의 정책을 펴게 된다.

하나는 인도에서 아편을 대량 재배하여 중국에 수출함으로써 이미 중국으로 흘러 들어간 은을 다시 영국으로 되돌려 환수하는 정책이었고, 다른 하나는 인도를 비롯한 식민지에서 차를 생산하여 영국으로 가져오는 이를테면 자급자족하자는 정책이었다.

아편의 주 생산지는 터키에서 인도에 이르는 지대이다. 중국에서는 오래전부터 이 지방에서 나는 아편을 사들이거나 소량을 자국 내에서 재배하여 약용으로 사용하였다. 그러던 것이 17세기에 들어와 네덜란드 지배하의 대만에서 말라리아가 창궐하자 그 치료용으로 아편을 담배에 섞어 빨아들이는 풍습이 생겨나면서 마침내 대안對岸인 푸젠 성福建省으로 전파된 후 전국으로 확산되어 갔다. 아편 복용으로 인한 폐해가 날로 늘어나자 1729년 청나라 제5대 옹정제雍正帝는 아편금지령을 내리고 "아편을 사고파는 자는 변경에 유배하여 병졸로 삼고, 아편굴을 개설하는 자는 사형에 처한다."라고 선포하기에 이른다. 그 무렵에 중국에 들어온 아편은 연간 200상자를 넘지 않았으나, 1757년 영국 동인도 회사가 인도 아편의 전매권을 잡게 된 후로 1776년에는 1천 상자, 1790년에는 5,054상자, 1839년 즉 아편전쟁이 일어나기 전해에는 4만 상자가 수입되었다. 아편 한 상자는 상음자 100명이 1년간 피우는 분량에 해당되므로 400만 명이 피웠다고 할 수 있다.

많은 역사가들은 당시 중국의 인구를 4억으로 본다면 남녀노유를 포함하여 100명에 1명꼴로 아편을 피웠을 것이라고 계산한다. 중국으로서는 아편 흡입자가 날로 늘어나고 사회 문제로 비화되자 1796년 이후에도 몇 차례 금령禁令을 내리기도 하였으나 별 효과가 없었다. 오히려 중국의 아편상이나 관가에서는 밀매매가 성행할수록 이윤과 부패가 늘어날 뿐이었다. 이런 가운데 황제는 그의 수족인 고위 관직이나 군부에까지 흡음자가 급속하게 퍼지고, 심지어 농민층에서는 농경지에 식량 작물이 아닌 양귀비로 작목을 바꾸는 일이 생기자 걱정이 태산이었다. 문제는 그뿐만이 아니었다. 아편 수입이 늘어나면서 은의 수입이 줄어들더니 1827년부터는 역조 현상이 일어나기 시작하였다. 중국의 은이 외국으로 유출되는 상황이 된 것이다. 정부의 은 보유량이 감소되면서 은값이 폭등하고, 세금을 공식 화폐인 동전이 아닌 은으로 납세하도록 했기 때문에 파산이 이어지면서 정부 재정은 쪼들려 가기만 하였다. 이와 같은 혼란이 이어지자 조야에서는 관리와 군대만은 아편 흡음을 엄금하되 일반 국민에게는 금령을 완화하여 재정의 어려움을 해결하자는 이금론弛禁論과 은이 외국으로 유출되는 것은 아편 때문이므로 아편 피우는 자에 대하여 보다 엄한 형벌을 가해야 한다는 엄금론嚴禁論이 일기 시작하였다. 그때까지만 해도 아편 흡입자나 밀매매업자가 적발되면 등에 매를 맞는 정도였기 때문에 중독자는 아편을 끊기보다는 차라리 형벌을 택하는 형국이었다.

아편은 실로 무서운 천형이다. 사형당하는 것보다도 아편을 끊는 고통이 더하다는 아편의 속성을 누가 이겨 낼 수 있을까? 죽은 마녀 할머니의 시체 젖가슴과 생식기에서 양귀비꽃이 생겨났다는 발생 신화가 생각난다. 아주 해학적인 표현이지만 한번 맛들이면 영원히 끊을 수 없다는 이야기이다. 인류의 조상들은 예로부터 꽃을 신이 머무는 곳이라고 믿어 왔다. 양귀비 신의 저주인가.

이금론은 경제적 관점에서의 주장인 데 반하여 엄금론은 인도상의 문제로, 황제는 엄금론을 택하고 철저한 엄금론자인 임칙서林則徐를 아편전쟁 1년 전인 1839년 전권대사 격인 흠차대신欽差大臣에 임명하고 광저우에 파견하였다. 임칙서는 광저우에 도착하자 외국 상인에게 소지하고 있는 아편을 모두 내놓도록 명령하고 응하지 않은 상인 350명을 상관商館에 감금해 버렸다. 임칙서의 이와 같은 강경한 조치로 20,283상자의 아편이 몰수되었고, 몰수된 아편은 많은 광저우 시민과 외국인 앞에서 바다에 버려졌다. 또한 임칙서는 그에 만족하지 않고 외국 상인들에게 "앞으로 절대로 아편을 가져오지 않겠으며 가져오면 사형

흠차대신 임칙서

을 당해도 이의 없다."라는 서약서까지 제출하도록 하였다. 이에 대해서 미국과 포르투갈 상인은 응하였으나 영국 상인만은 응하지 않고 있는 상황에서, 같은 해 7월 만취한 영국 수병한테 중국인 어부 임유희林維喜가 피살당하는 사건이 일어났다. 이에 그 수병을 인도하도록 영국에 요구하였으나 응하지 않자 마카오 거주 영국인에 대한 물과 식량 공급을 중단하였다. 영국 상인이 임칙서의 명령에 불응한 것은 무역감독관 찰스 엘리엇Charles Elliot의 조종에 의한 것으로, 내심 아편 몰수 소각을 구실 삼아 군대를 출동시켜 무력으로 일거에 무역 문제를 해결하려 한 것이다.

영국 의회에서는 아편을 금지한다는 이유만으로 전쟁을 일으키다니 너무나 수치스러운 일이라는 의견이 있기는 하였으나, 영국 정부는 1840년 여름 48척의 함선과 4천 명의 병력으로 구성된 함대로 북상하여 베이징에 이르는 통로에 위치한 다구大沽와 톈진天津을 위협하고 곧장 베이징에 육박할 기세를 보였다. 그러자 당황한 중국은 강경파인 임칙서를 파면하고 강화론자인 기선琦善을 기용한 후 휴전을 제의한다. 마

아편전쟁

침내 1841년 광저우에서 열린 엘리엇과 기선의 회담에서 천비조약川鼻條約이 맺어졌는데, 그 조약문에는 홍콩을 영국의 무역 기지로 할양하고 동시에 배상금을 지불한다는 등의 굴욕적인 내용이 들어 있었다. 홍콩 할양을 약속한 기선은 패전 책임자로 처벌당하고 주전론을 주장한 혁산奕山을 등용하는 조치를 취했는데, 천비조약에 대해서는 중국만 불만이 있던 것은 아니었다. 영국은 전권 사절 엘리엇을 포틴저Henry Pottinger로 바꾸고 1842년 5월 군함을 25척이나 증강한 대함대로 상하이를 점령하고 양쯔 강을 거슬러 올라가 전장鎭江을 함락했다. 중국은 난징마저 위험해지자 강화를 결정하고 난징조약을 체결하게 된다. 이 조약은 홍콩을 영국에 할양하는 것과 군비와 아편의 배상금 지불, 광저우 외에도 샤먼廈門, 푸저우福州, 닝보寧波, 상하이上海를 무역항으로 개항하는 것과 이상 5개 항에서의 자유로운 활동 보장이 포함된 중국 역사상 돌이킬 수 없는 치욕으로 남는 조약이었다. 어제까지도 이 세계 어디에도 대등 국가가 없다던 중화의 나라, 절대 자존의 나라, 영국을 오랑캐夷라고 부르며 경멸하던 나라가 반半식민지화의 길로 전락하는 모습을 보면서 역사의 아이러니를 실감케 한다.

여기서 놀라운 사실은 전쟁의 원인을 제공한 차와 아편에 대한 이야기는 일언반구도 찾아볼 수 없다는 점이다. 차 수입으로 은화가 유출되어 국가 재정이 고갈되는 위기의 보완책으로 아편 수출을 하는 과정에서 여러 사건이 발생한 것을 기화로 중국을 피식민지권으로 함몰시킨 것이다.

한편, 차는 자급자족 정책으로서 식민지 인도의 아삼Assam 지방과 다르질링Darjeeling을 중심으로 한 대다원운동大茶園政策의 일환으로 티 플랜

다시 보는 차 문화

테이션tea plantation ■47 조성이 적극적으로 추진되어 나갔다. 1815년 영국의 육군대령인 레터Coonel Latter가 아삼 지방 싱글로Singlo의 산악 지대에서 싱포 족Singpho이 자생 차나무를 따서 기름과 마늘을 넣어 먹기도 하고 마시기도 하는 것을 목격하고 보고했다. 이어 다음 해 가드너Edward Gardner가 네팔 카트만두 궁정의 정원에서, 1822년에는 식물학자인 육군대령 로버트 브루스Robert Bruce 형제가 인도 아삼의 오지 사디야Sadiya에서, 1827년에는 카빈F. Carbyn 박사가 아삼 산도우디Sandowdy에서 야생 차나무를 발견하는 등 차 산업 개척자들의 활동이 활발해져 갔다. 이에 따라 '다업위원회'가 설치되어 초기에는 아삼 지방 등에서 채취해 온 야생 차나무의 시험 재배를 위주로 하다가, 중국에서 종자와 묘목을 헌팅■48 하거나 구입해 와서 중국인 노동자를 고용하여 제품의 시험 생산을 시도하였다. 그러나 번번이 실패를 거듭하던 끝에 아편전쟁 전해인 1839년에 최초로 아삼홍차 8상자를 런던 경매 시장에 출하시키는 데 성공하였다.

중국의 차나무는 대부분 수령이 많고 야생에서 길러졌기 때문에 잡종이 많아 생육 상태와 품질이 떨어졌으나, 아삼에서 새로이 조성되고 있는 영국식 티 플랜테이션에서는 과학적인 신기술의 도입으로 품질의 안정과 생산 비용의 안정을 동시에 추구함으로써 고품질 차를 대량 생산할 수 있게 되었다. 또한 수제 중심의 고전적인 방식으로 생산되는 중국식 생산 방식과는 달리, 아삼에서는 기계화가 추진되면서 값싸고 위생

■47 노동자를 위한 주택, 교육, 위생, 시장 등 종합적인 생활 기능이 일관되게 갖추어진 차 재배 농원.

■48 식물 사냥(plant hunting).

적이며 안정적인 공급이 가능하여 영국의 차 시장 수요에 부응할 수 있게 되면서 점차 중국차를 찾기 힘들어졌다. 그런 한편으로 중국의 차는 수출선을 잃은 채 쇠락의 길을 가야 했다. 1867년 영국에 수입된 차의 96%는 중국산이고 나머지 5%만이 인도산이던 것이, 1905년에는 사정이 역전되어 중국산은 불과 2.5%에 불과하고 나머지는 인도의 티 플랜테이션에서 생산되는 차로 대체되었다.

아오키 야스마사荒木安正는 그의 저서 『홍차의 세계』에서 "탄닌이 많은 인도산의 산화 효소 차는 영국인은 물론 고지방성 음식을 많이 섭취하는 민족에게는 필수 불가결한 것이다."라고 말하였듯이, 아삼과 다르질링의 차는 영국인의 국민 음료로 사랑받게 된 것이다.

차 문화의 대이번,

티백 쓰나미

　여과지나 목면, 나일론 등으로 만든 백bag에 찻잎 또는 분말을 넣은 것을 티백tea bag이라고 한다. 티백을 처음 고안한 사람은 스미스A. V. Smith라는 영국인으로, 한 스푼의 차를 거즈에 넣은 다음 네모를 모아 실로 상단부를 묶은 것으로 1896년에 처음 특허를 취득하였다. 이것이 티백의 원형이라 할 수 있다. 그러나 정작 티백을 실용화하고 상품화한 사람은 1908년 뉴욕에서 차 판매업을 하던 미국인 토머스 설리번Thomas Sullivan으로, 그는 차 견본을 보낼 때 매번 주석으로 된 상자에 넣어 보냈다가 어느 날 상자 비용을 절감할 생각으로 한 잔 분량씩을 비단絹 봉지에 담아 보내게 되었는데 의외로 많은 고객으로부터 주문이 쇄도하였다고 한다.

　그러나 설리번 자신은 그 이유를 알지 못하던 차에 우연하게도 고객이 그가 보낸 티백을 통째로 컵에 넣어 물에 우려 마시는 광경을 목격하고 나서야 그 까닭을 알게 되었다. 그처럼 우려 마심으로써 번거로움이 덜하고 마신 후에 찌꺼기나 잔을 정리하는 데 편리하기 때문이었다. 그로부터 얼마 되지 않아 설리번은 비단이 너무 촘촘해서 차 성분의 침출이 원만치 않다는 것을 알고 거즈 봉지로 바꾸어 판매하게 되었고, 1950년대에는 종이 티백이 개발되면서 티백 단가가 내려가고 소비가 크게 늘어났다.

　미국은 티백의 편의성을 아무런 부담감 없이 받아들였으나, 영국은 그와는 달리 오랜 풍습을 버리지 못하고 있던 차에 1935년이 되어서야 테틀리스Tetleys 사에서 영국 최초의 티백을 생산하기 시작했지만 잘 팔리지 않아 회사 경영에 어려움을 겪어야 했다. 그로부터 30여 년이 지난 1968년에도 영국 차 시장에서 차지하는 티백의 점유율은 3%에도 미치지 못하였으나, 1971년에 12.5%로 신장되더니 지금은 영국 총 소비의 90%를 점하고 있다. 세계의 차 시장 역시 티백의 점유율은 90%에 육박하고 있다.

　한때는 애음가들 사이에 티백에 사용하는 찻잎이 저품질을 사용한다는 말이 나돌기도 하고, 제조 과정에서 염소 표백된 종이를 사용함으로써 인체에 해로운 다이옥신이 잔류하고 있다는 말도 있었으나, 근래에 와서는 생산자의 치열한 경쟁으로 고품질 찻잎을 사용하고 있을 뿐만 아니라 포장지 역시 염소 표백 대신 산소 표백 아니면 무표백지를 사용하고 있어 소비층의 모든 기우가 제거된 셈이다.

　세계에서 전통차의 맥이 가장 탄탄하게 이어져 내려오고 있는 한·중·일 또한 티백 문화권에서 언제나 안전할 수는 없을 것이다. 일부의 차종茶種은 이미 수년 전부터 티백으로 출하되어 시장을 넓혀 가고 있기도 하고, 찻잎을 백에 담아서 편하게 마실 수 있게 백봉지만을 만들어 판매되고 있기도 하다.

　티백은 그대로 찻잔에 넣어 끓인 물을 부어 침출시켜 마시는 것으로

티백들

홍차는 물론 녹차나 그 밖의 어떤 차에도 사용되고 있다. 차가 우려지면 티백을 들어내 그대로 버리면 된다. 특히 티백은 대부분이 CTC[49] 공법에 의해서 제조되기 때문에 차액의 침출이 빠르다. 이와는 달리 일반적인 재래 방법을 보면, 차통에 보관되어 있는 적정량의 차를 덜어 내어 다관茶罐에 넣은 다음 뜨거운 물을 부어 침출시키고, 침출이 끝나면 거름망을 찻잔에 대고 차를 부어 마신다. 마시고 나면 거름망에 부착된 차 찌꺼기를 버리고 깨끗이 씻어야 한다. 차액의 침출은 티백에 비하여 느리다. 이 두 가지의 우리기를 비교해 보면 티백이 훨씬 간단하고 편의성이 높아 노력과 시간이 절약된다는 것을 알 수 있다.

티백은 사무실이나 호텔, 찻집이나 레스토랑 등에서 주로 사용되어 왔으나 요즘은 가정에서도 많이 사용되고 있다. 19세기 말 인도에 이어

■49　홍차의 대량 생산을 위해 고안된 제조 공법이다. 눌러 으깨고(Crush), 잡아 찢고(Tear), 둥글게 뭉치게 하는(Curl) 이 세 가지 공정을 하나의 기계로 자동으로 하여 생산 능률을 대폭 향상시킨 제조법.

세계에서 두 번째로 홍차 생산을 많이 하던 스리랑카가 20세기 중반 한 때 불황을 겪었는데, 그 원인은 티백 생산으로의 시설 전환을 소홀히 한 데 있었다고 하니 가히 티백의 위세를 알 만도 하다.

이와 같은 시류에도 불구하고 많은 차 애호가들은 전통적 분위기를 만끽하면서 차의 맛과 향은 물론 찻잎이 다관이나 찻잔에서 신음하는 듯한 이른바 고투苦鬪하는 몸부림을 감상하며 시적인 명상에 젖어 보는 낭만을 즐기기 위해 재래 음다 방법을 고수하기도 한다.

메어Victor H. Mair와 호Erling Hoh는 『차의 역사The True History of Tea』에서 "티백은 세계의 차 흐름을 바꾼 또 하나의 20세기 발명품"이라고 하였다.

현대는 편의성의 시대이다. 편의성이 있으면서도 자랑스러운 우리의 전통이 담긴 차를 마시고 싶다. 몰려오는 티백 쓰나미를 어떻게 수용하여야 하는가.

다시 보는 차 문화

『차의 사회사』를

읽고

　최근 들어 서양의 차 문화에 대한 관심이 높아지고 있다. 복잡한 격식과 완벽한 다구를 갖추고 고상하게 상미賞味해야 했던 폐쇄적이고 과시적인 차 생활에서, '다반사'라는 표현처럼 차와 일상생활의 간격이 좁혀지면서 교제와 사교 중심의 서양 차 문화에 대한 관심이 커져 가고 있다. 하지만 동서 문화 간에 오랫동안 상호 정보와 교류의 기회가 많지 않았던 이유 때문인지, 서양 차 문화에 대한 이해가 부족한 측면이 많았다.

　몇 가지 예를 들어 보면, 중국의 녹차가 배를 타고 1년여를 항해하여 유럽에 도착하니 홍차로 변해 있었고 이것이 홍차의 효시라는 '발효醱酵에 대한 무지無知'는 물론, 서양차는 의식이나 격식이 없고 녹차만이 고유한 문화와 예법을 지켜 왔다는 설명도 있다. 또한 현대 서양의 차 생활은 티백으로만 명맥을 유지하고 있다는 등 그릇된 상식으로 서양 차 문화의 접근에 어려움을 겪어 왔다. 나아가 우리에게 소개되는 서양 차 문화가 대부분 홍차와 티비스킷tea biscuit 등을 만드는 요리책 위주였다는 것도 서양 차 문화 부재의 알리바이가 된다고 할 수 있을 것이다.

『차의 사회사A Social History of Tea』는 서양의 차 문화와 차 생활을 이해하는 데 중요하고 적절한 자료가 된다. 이 책은 서양에 차가 전래된 17세기부터 현재까지의 역사를 미시 생활사微視生活史 관점에서 저술한 것이다. 저자 제인 패티그루Jane Pettigrew는 차에 관한 책만 20여 권이 넘게 집필한 차 전문가이며, 현재『차와 커피저널Tea & Coffee Trade Journal』의 국제 편집장으로 일하고 있다.

이제까지 차에 대해서는 많은 책들이 있고 차의 역사에 대해서도 수많은 논저들이 있었으나『차의 사회사』처럼 포괄적이고 깊이 있게 다룬 책은 없었으며, 일상생활의 미시사를 통해 생생하게 차를 드러낸 저서는 없었다고 생각한다. 이 책은 17세기에서 20세기까지 총 4부로 이루어져 있으며, 다양한 시각 자료와 자상한 해설로 자칫 지루해지기 쉬운 역사 이야기를 흥미진진한 삶의 이야기로 바꾸어 놓는다.

저자는 방대한 1차 자료를 기초로 차가 영국과 유럽의 문화 · 정치 · 사회에 미친 영향을 각 세기별로 음다 풍속, 차와 정치, 차와 산업, 다기와 다구의 변천 등으로 나누어 다양한 에피소드와 풍부한 시각 자료로 흥미롭게 서술했으며, 차가 영국과 유럽 사회에 끼친 중요한 역할에 대해 소상히 전해 준다.

초기에는 차 끓이는 방법을 몰라 차죽을 만들어 먹었던 사실, 영국의 음다 풍습이 영국 여성의 사회적 지위 향상에 기여하게 된 경위, 즉 최초로 여성이 남성의 동반 없이 외식을 할 수 있게 한 경위, 제2차 세계대전 당시 윈스턴 처칠이 군수품보다도 차를 더 중요하게 여겨서 해군에 공급한 사실, 차가 영국의 산업 발전에 미친 중요한 역할들, 차에 설탕

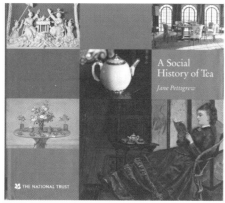

『차의 사회사』

과 우유를 넣어 마시게 된 이유, 서양의 다복茶服 tea gown이 일본 기모노의 영향을 받았다는 실증적 근거, 매일 물을 끓여 차를 마시는 습관 덕에 노동 계층이 질병에 저항력이 생겨 차를 마시지 않는 국가의 국민보다 건강한 것이 산업혁명과 영국의 발전에 기여했다는 논리 등 다양한 에피소드는 이 책을 읽는 즐거움을 배가시켜 준다.

1부에서는 17세기 동인도 회사를 통한 중국으로부터의 차의 도입과 네덜란드와 영국의 경쟁, 차에 대한 관세 부과와 귀족들의 음다 풍속을 생생하게 설명한다. 또한 너무 비싼 값 때문에 서민들은 차를 마시지 못하는데서 오는 상대적 박탈감과 당시의 사회상을 다음과 같이 설명한다. 런던 최초의 차 상인,

토머스 가웨이의 차는 1파운드lb 무게에 16실링에서 60실링3파운드£ 정도에 판매되었다. … 중국차는 1파운드lb에 40실링2파운드£을 지불하였다. … 당시의 월급과 소득을 고려해 보면 찻값이 너무도 고가였다는 것을 알 수 있다. 예를 들어 베드퍼드 5대 백

작의 시골 영지인 우번 저택의 변호사는 연간 20파운드, 하인은 2∼6파운드를 임금으로 받았다. 차 1파운드lb의 값이 40파운드£였다는 것을 생각해 보면, 당시에 이 새로운 상품을 구매할 수 있는 사람은 오직 백작이나 백작 부인밖에는 없었을 것이라는 것이 명백해진다.

다기와 다구에 대한 관찰과 문헌 조사도 놀라울 정도이다. "당시 차는 정확하게 양을 재서 작은 중국제 다관에 넣어 보관했다. 다관에 뜨거운 물을 가득 담아 가루차를 거품 내서 마시던 유행이 찻잎을 크게 잘라 우려 마시는 경향으로 바뀌면서, 섬세하고 세련된 다관들이 나타나기 시작했다. 가장 유명한 다관 제조지는 중국 장쑤 성江蘇省의 이싱宜興이다. 이곳에서 생산되는 자사호紫沙壺가 차향을 가장 좋게 내게 해 준다고 여겼다."

17세기는 귀족적인 차 문화의 시대였다. 가정에서 차를 마실 때는 하인들이 다기 세트를 방으로 가지고 왔고, 차를 우려내고 손님과 가족에게 차를 따라 주는 사람은 그 집의 안주인이었다. 차는 방 안에서 준비하고 우려야 하기 때문에, 하인이 정확한 시간에 끓는 물을 가져와서 다관에 부어야만 했다. 직접 열을 가하는 탕관湯罐 tea kettle은 17세기 후반에야 등장한다.

차 예절에 대한 분석과 중국에는 없는 잔 받침의 유래에 대한 저자의 분석을 살펴보자.

다관에서 몇 분 동안 우려진 차는 손잡이가 없는 중국제 도자기 찻잔에 따라진다. … 그리고는 고상하게 두세 번 홀짝거리거나 스푼으로 떠서 마신다. 찻잔 받침은 평평하고

다시 보는 차 문화

낮았다. 이 잔 받침은 17세기경 중국의 한 장군의 딸이 아버지에게 드리기 위해 우려낸 찻잔이 너무 뜨거워 다룰 수가 없자, 지역의 장인을 시켜 찻잔을 놓을 수 있는 작은 그릇을 고안해 내라고 한 데서 유래한다.

　저자는 중국과 일본의 다기 문화가 서양에 이식되고 발전하는 과정을 상세히 묘사한다. 청화백자青華白磁 Blue and white porcelain를 모방한 델프트 도기Delftware의 발전 과정과 동양 다기에 대한 대안으로 등장한 은제 다기의 성장사도 흥미롭다. 유럽의 도공들은 수요에 맞추어 다기의 생산량을 증대시켰으나, 18세기 중엽까지는 그들의 치열한 라이벌인 중국과 일본 도자기의 품질과 미적 감각을 따라가지는 못했다. 따라서 유럽의 부유층이 대안으로 선택한 것은 은제 다기였던 것이다.

　2부에서는 18세기 차의 보급과 확산에 따른 사회적 영향을 설명한다. 차에 대한 세금이 높아서 찻값이 비싸면 암시장의 상인이 공급을 확장하는 것은 당연한 일이다. 또한 찻잎에 첨가물을 넣는 일도 빈번했다. 밀수된 차는 파운드lb당 5~7실링에 판매되었으나, 정식으로 통관 절차를 밟은 차는 파운드lb당 1파운드£ 6실링 정도였다. 당시 노동자의 평균 주급이 10실링 정도였던 것을 고려하면, 암시장이 활황을 누린 것은 그리 놀랄 일도 아니다. 또한 차에 불순물adulteration을 첨가하는 일도 비일비재하였다. 차 도입 초기에는 홍차뿐만 아니라 녹차의 수입도 상당하였는데, 녹차에 불순물을 섞기가 쉽다는 것이 차를 마시는 대중들에게 알려지자 사람들이 홍차만 찾게 되었다. 이것이 아마도 영국인의 홍차 선호 경향의 기원이 될 것이다. 1950~1960년대 우리나라의 홍차 유행이 불량 홍차 파동으로 한순간에 쇠퇴한 경험을 떠오르게 하는 대목이다.

보스턴 차 사건과 영국의 차 독점권Tea Monopoly이 미국인의 커피 선호 경향을 촉발했다는 것은 주지의 사실이지만, 저자는 동시에 영국에서 영양 혁명榮養革命 dietetic revolution을 촉진시켰고 영국 국민을 커피 애호가에서 차 애호가로 바꾸어 놓은 과정을 상세히 설명한다. 또한 점차 대중화되어 가는 차 문화와 이에 회의적이었던 귀족들의 허위 의식을 지적한다. 저자는, "차의 성장 과정은 진리가 진보하는 과정과 유사하게 진행되었다."라는 디즈레일리의 명구로 결론짓는다. "용기를 내 차를 마시고 바로 입맛에 맞았지만 처음에는 회의적이었던 사람들, 차의 유행이 확산될 때 차를 과도하게 마신 사람들, 결국 시간의 완만하고 부단한 노력과 차 자체의 미덕 덕분에 왕궁에서 오두막까지 온 나라 온 국민이 기뻐하는 차의 승리가 완성된다."

18세기 차 문화의 중심은 '티 하우스'와 '유원지'이다. 티 하우스는 귀족들의 정원에 정자처럼 만들어 놓은 차 연회장으로서 현대까지 내려오는 차 예절이 생성되고 변모하는 과정을 전해 주는 다실이었으며, 유원지와 온천은 차의 대중화와 세속화에 기여한 대중문화의 중심지였다. 귀족들의 다회는 예절을 중시했다. 프랑스 인 드 브로이de Broglie의 일화는 복잡한 차 예절의 일단을 보여 준다.

내가 차를 12잔째 마시고 있을 때 한 대사가 이 뜨거운 물을 그만 마시고 싶으면 스푼을 찻잔 위에 놓으라고 친절하게 알려 주지 않았다면, 나는 지금까지도 차를 마시고 있었을 것이다. 그는 차를 권했을 때 거절하는 것은 무례한 행동이라고 했다. 마찬가지로 차 스푼을 보여 줌으로써 더 이상 마시고 싶지 않다는 표현을 했을 때, 파티의 여주인이 차를 더 권하는 것도 분별없는 행동이라고 했다. 이 말은 스푼을 찻잔 위에 수평하게 올려놓거나 찻잔 속에 약간 기울여서 두는 것을 의미한다.

유원지와 온천은 아름답게 배치된 쾌적한 산책로와 차를 마시는 정원이 펼쳐져 있어 고객들을 유인했다. 당시 유원지에서 차를 마신다는 것은 연애와 청혼을 한다는 것을 의미하는 사회적 행동 코드였다. 한 남자가 어떤 여자와 사귀고 싶을 때는, 마치 실수로 그런 것처럼, 여자의 스커트를 살짝 밟은 후에 자신의 둔한 행동에 대해 크게 사과를 하고, 그에 대한 보상으로 작은 정원으로 옮겨서 차 한 잔 할 것을 권하는 것이 일반적인 관례였다.

19세기에는 아편전쟁으로 인해 중국으로부터의 차 수입이 격감하고, 인도와 실론이라는 새로운 차 생산지 개발과 쾌속 범선clipper의 등장으로 차의 대중화와 보편화가 빠르게 진행된다. 오후의 차, 하이 티 High Tea, 티 파티, 다회 등의 다양한 의식이 발전하고 중국과 일본에 의존하던 다기와 다구의 유럽화가 완성되어 도자기의 명가들이 등장하게 된다. 당시 찻값은 갑자기 가격의 거품이 무너지는 '튤립 효과Tulip Bubble craze'를 경험한다. 1890년대에는 실론차가 파운드lb당 4~5파운드£에서 파운드lb당 30~36파운드£로 급상승하였다. 하지만 1891년 12월, 소비자와 상인들이 이처럼 터무니없이 비싼 가격에 차를 사는 것이 어리석다는 것을 깨닫고 나자 엄청난 고가의 실론차의 거품은 하루아침에 꺼져 버렸다.

17세기에는 중국의 차가 런던에 도착하기까지는 18~24개월이 걸렸다. 하지만 차를 100만 파운드 이상 선적할 수 있는 쾌속 범선은 이 운송 기간을 100일로 단축시켰다. 당시 쾌속 범선의 속도 경쟁은 영국 전역에 큰 화젯거리였으며, 차의 인기를 상승시키는 중요한 요인으로 작용하였다.

점심과 저녁 사이에 간식과 함께하는 오후의 차는 간단한 것 같으면서도 상당한 준비와 격식이 필요했다. 최소한 버터 바른 롤빵과 비스킷, 케이크가 놓여 있는 작은 테이블이 필요하며, 여주인은 테이블 옆에 앉거나 서서 차를 따른다. 만일 남자가 있을 때에는, 남자는 여자들에게 찻잔을 건네주어야 한다. 차를 찻잔에 따라서 손님에게 건네줄 때에는 우유나 크림을 섞어서 주어야 한다. 우유나 크림은 찻잔에 차를 따르기 전에 먼저 따라야 한다. 상류층에게 오후의 차가 있다면, 서민들에게는 하이 티가 있었다. 대부분의 가난한 가정에서 오후에 따로 차 마시는 시간을 갖는 경우는 상당히 드물었다. 대신에 늦은 오후에 고기와 감자 등과 함께 강한 차를 가득 채운 큰 다관을 놓고 하루를 마감하는 즐거운 식사를 하였다.

19세기에는 차 예절에 대한 논쟁이 많았다. 특히 잔 받침으로 차를 마시는 관습에 대한 논쟁은 흥미롭다. 저자는 많은 논쟁을 소개한 후에, 찻잔에서 차를 잔 받침에 따라서 약간 식힌 다음에 마시던 때가 있었지만, 이는 노동 계층의 관습이었지 상류 사회에서는 허용되지 않았다고 주장한다. 물론 이러한 관습은 20세기까지 지속되어 왔다.

20세기는 차의 대중화 시대이며 동시에 차 문화가 일상의 삶 속에 체화되어 격식을 갖춘 차 문화와 예절이 서서히 자연스러운 생활의 관습으로 스며드는 시기였다. 특히 제2차 세계대전 동안 차는 어려운 시기를 참아 낼 수 있게 해 주며 영국 국민들을 하나로 묶어 주는 중요한 역할을 하였다. 윈스턴 처칠은 차가 군수품보다 더 중요하다고 선언하고,

일반인에게는 제한 공급을 했던 차를 해군들에게 가장 중요한 군수품으로 제공했다.

저자는 서양의 다복이 일본에서 유래했다고 주장하며 다양한 증거를 제시한다. 예를 들어 1910년 런던에서 영국-일본 전시회가 열리자 일본 스타일의 인테리어나 정원, 패션과 가재도구 등의 영향이 커졌으며, 기모노를 닮은 소매가 넓고 헐렁하게 입는 다복이 유행하게 되었다는 것이다.

사람을 만날 때 가볍게 차 한 잔만 하면서 잡담을 나누면 차 한 잔의 대화a cup of tea이지만, 가벼운 음식을 나누면서 진솔한 대화를 하면 리틀 티Little Tea가 되고, 서로의 흉허물 없는 속마음을 이야기하면 공감하는 차 한 잔Tea and Sympathy이 되며, 꽤 많은 사람이 모여 다담茶談을 나누게 되면 차 모임Teas이 된다.

이러한 용어들은 현재 흔하게 쓰이는 표현이다. 우리도 '다반사'란 표현과 '차나 한 잔 하지'라는 표현을 자주 쓰지만, 실제로는 다반사로 차를 마시지 않고, 후자의 경우 '차'란 음료의 대명사일 뿐 언어만 잔해로 남고 음료로서의 '차'는 우리의 일상과는 상당히 멀어져 있다. 하지만 서구에서는 언어의 유산과 함께 일상생활에서 '차'를 음용한다는 점을 바탕으로 차가 명실상부하게 삶에 뿌리를 내렸다는 데서 이 책의 교훈을 얻을 수 있다.

서양의 차는 하루 종일의 식사와 항상 함께했으며, 차에 곁들이는 먹을거리와 차 행사에 입는 다복, 다양한 행사의 격식, 다기와 다구의 발전 과정을 보면 근대 서구의 사회상은 차를 떼어 놓고는 설명할 수가 없다는 사실에 직면하게 된다. 즉 삶 속에 싹튼 현대의 서양 차 문화가 시사하는 점은 크다고 할 수 있을 것이다. 서양의 차 문화를 다양한 에피소드와 함께 흥미롭게 전개하면서 차 문화 형성 과정을 설명하는 저자는 다음의 말로 책을 맺는다.

차는 언제나 조용하게 문화를 지배해 왔으며, 차 문화는 사회생활의 구석구석에 스며 있다. 이제 다관은 모든 계층의 아이콘이 되었다tea continues serenely to dominate our culture, its rituals pervading every area of our social life. The teapot is an icon for all classes.

다시 보는 차 문화

밀크티

논쟁

　차가 유럽에 문헌상으로 처음 알려지기는 베네치아 인 라무시오Giovanni Battista Ramusio, 1485~1559의 『항해와 여행기Delle Navigationi e viaggi』에 의해서이다. 이 책은 1545년에 출판된 지리학 보고서로 "중국 어디에서나 차를 마시고 있다. 공복일 때 한 잔이나 두 잔 마시면 열병, 두통, 위통, 관절 통증을 없애는 효과가 있다."라고 소개하고 있다. 그로부터 55년이 지난 1600년 17세기 마지막 날인 12월 31일에 216명의 상인들이 주주가 되어 영국 런던에 동인도 회사를 설립하고, 이어서 1602년 네덜란드 동인도 회사가 암스테르담에 설립된 후 1607년에 상업적인 목적으로 마카오에서 차를 운반하여 판매하면서부터 중국의 차와 다기에 대하여 유럽 지역에 처음으로 알려지기 시작하였다. 이와 같이 차를 접하기는 네덜란드가 빨랐으나, 영국은 17세기 후반기에 이르러 음다 풍습이 시민 사회의 기호 음료로 확산하면서 유럽 차의 중심지가 되어 가고 있었다.

　차 기호 인구가 증대해 감에 따라 차에 대한 여러 가지 논쟁이 끊이지 않았는데, 그 대표적인 논쟁은 차가 우리 인간의 몸에 좋은지, 좋지 않

은지의 건강 논쟁이다. 네덜란드 인
니콜라스 덕스Nicolaas Dirx는 "이 식물
에 필적할 수 있는 것은 아무것도 없
다. 그것을 마시는 사람은 단지 그런
이유만으로도 여러 가지 병을 이겨
내고, 대단히 오래도록 살 수 있다."
라고 하였고, 차의 과대 선전가로 유
명한 네덜란드의 코르넬리스 본테쿠

코르넬리스 본테쿠

Cornelis Bontekoe는 1678년 31세 때에 발표한 「훌륭한 허브티에 관한 논문」
에서 하루 100잔이나 200잔까지 마셔도 나쁘지 않다고 하는 유명한 말
을 남기기도 하였다. 본테쿠의 지론에 대하여 일부의 논객 중에서는 아
마도 공부차工夫茶 잔같이 아주 작은 찻잔을 염두에 두고 말했을 것이라
고 옹호한다. 프랑스의 수크Suk는 차를 "성스러운 허브"로 예찬하는가
하면, 네덜란드의 니콜라스 튈프Nicolaas Tulp는 1641년 그의 『의학론Obser-
bationes Madicae』에서 "차는 장수 음료로서 육체에 활력을 주기 때문에 세
상에 어떤 것도 비교할 수 없다."라고 하였다.

한편 이와는 반대로 오스트리아 인 마르티노 마르티니Martino Martini는
"중국인들의 깡마른 얼굴은 음다 습관 때문"이라며 음다를 정면으로 반
대하였다. 1756년에 출판된 영국 상인이자 개혁론자인 조너스 핸웨이
Jonas Hanway는 "음다는 건강을 해치고 산업에 방해가 되며 나라를 빈곤하
게 하고 여성 미용의 적"이라고 비난하기도 하고, 심지어는 차를 마시는
것은 시간과 경제의 낭비이자 망국의 습관이라고 말하기도 하였다.

이와 같은 논쟁은 유럽 각국의 문필가나 의사 등을 중심으로 제기되

다시 보는 차 문화

어 왔으나, 차가 상류 사회의 음료에서 사회 전반으로 확산되고 알코올 음료의 폐해로부터 해방될 수 있는 대체 음료로 인식되면서 과학의 진보에 따라 그 효능이 알려짐으로써 치열했던 논쟁은 점차 수그러들기 시작하였다.

또한 차를 수입해서 마시는 것이 국가적으로 과연 어떤 손익이 있느냐의 논쟁은 차에 대한 무조건적인 반대론이 아니라, 급격한 수입량의 증가와 소비 증가로 초래될 영국 경제에 대한 일종의 기우론으로 당장에 차를 폐절하라는 소리가 있기도 하였으나 차 이전의 식생활로 되돌아갈 수는 없었다.

차에 대한 찬반 논쟁은 인도와 스리랑카 등의 티 플랜테이션 개발 성공으로 수급이 원활해지고 가격이 안정되면서 해소되었으나, 몇 세기에 걸쳐 풀리지 않은 논쟁, 즉 이 논쟁은 '유머러스한 논쟁 또는 사치스러운 논쟁'이라고도 하는데 밀크티milk tea를 두고 하는 논쟁이다. 이 논쟁은 논제 자체가 차의 예찬론을 전제로 홍차의 음다 요령을 두고 하는 이야깃거리이기 때문이다.

밀크티는 홍차에 밀크를 넣은 차를 말하는데, 홍차의 중심지인 영국에서는 정작 밀크티라는 이름의 차는 없고 단지 'Tea with milk'가 있을 뿐이다. 엄격히 말하면 일본식 영어造語라고 말할 수 있다. 밀크티에 대하여 가장 먼저 언급한 것은 본테쿠가 발표한 1678년의 「다론」이지만, 기록상으로 실제 차에 우유를 혼합하여 마시는 관습은 중국의 북동부 지방이나 광둥의 일부 지방에서는 오래전부터 있던 관습인 데 반해서 유럽에서 행해진 시기는 1680년대 프랑스의 한 살롱에서 시작되었다는 설이 있다. 그러나 영국은 한참 뒤의 일이다.

1870년경부터 영국에서 밀크티를 우려 마시는 습관이 크게 유행하면서, 밀크티를 우릴 때 찻잔에 밀크를 먼저 부어야 하느냐 아니면 홍차를 먼저 부어야 하느냐의 논쟁이 일기 시작하였다. 밀크를 먼저 넣는 것을 MIFMilk in First, 홍차를 먼저 넣는 것을 MIAMilk in After라 부른다. 얼핏 생각하면 앞뒤 가릴 것 없어 보이지만, 주장에 따르면 논쟁 거리가 됨 직도 한 일이다.

MIF의 주장을 들어 보면, 우선 밀크의 분량을 알아보기 쉽고, 밀크 위에다 홍차를 따르기 때문에 혼합이 잘 되고 향이 잘 일며, 밀크를 먼저 넣으면 뜨거운 차로 인한 도자기의 충격을 해소해 주고, 뜨거운 홍차에다 밀크를 부으면 단백질이 파괴되어 버린다고 한다. 이에 반해서 MIA의 주장은, 밀크량을 조절할 수 있기 때문에 홍차 색을 조절하기 용이하고, 밀크티를 마시고 싶은 사람에게만 우려 줄 수 있으며, 밀크를 먼저 넣는 것은 따를 때 홍차의 뜨거운 열로 인해서 찻그릇이 깨질까 염려되어 하는 것인데 이는 가난뱅이들이 걱정해야 할 일이라고 주장한다.

뜨거운 차로 인해서 다완茶碗이 파손되는 것을 우려한다고 하였는데, 당시 영국의 귀족이나 부유층에서는 중국 징더전景德鎭에서 생산되는 다완을 가장 선호하였다. 특히 황제들이 애완하던 '고월헌古月軒'이라는 이름의 아주 섬세하고 작은 다완으로 차 마시는 것을 최고의 사치이자 자랑으로 여겼을 때로, 그 고월헌은 너무 섬세하고 얇아서 지자紙磁 또는 난막卵幕이라 부르기도 한 데서 비롯된 것이다. 값비싼 징더전 다완이 파손될까 하는 기우에서 나온 이야기이다.

영국에서 처음으로 차 광고를 사용한 것으로 유명한 차 상인 트와이닝Twining은 차에 우유를 넣어 마시면 내장을 강화하고 체력 소모를 예방함과 동시에 장의 통증을 완화하고 직장 경련과 설사를 예방한다고 하였는데, 다만 티를 우릴 때는 밀크가 먼저라고 하였다. 이에 반하여 1945년『동물농장』으로 세계적인 베스트셀러 작가가 된 홍차광 조지 오웰George Orwell은 그의 에세이 선집 중「완벽한 한 잔의 차The perfect cup of tea」 중에서 홍차를 먼저 넣어야 한다고 하였다. 특히 그는 차를 넣은 다음에 밀크를 더하면서 차를 저어야 한다며 "나 자신의 논거는 반론의 여지가 없다."라고 말하였는데, 그의 이와 같은 지론은 50여 년간 많은 영국인뿐만 아니라 세계 홍차 애호가의 지표가 되어 왔다. 그러나 역사는 오웰의 편이 아니었다.

2003년 6월 24일 조지 오웰이 탄생한 지 100주년을 기념하여 영국 왕립화학협회RSC에서는 과학적으로 입증된「한 잔의 완벽한 홍차를 만드는 방법」을 발표하였는데 결과는 MIF 편이었다. RSC는 "뜨거운 홍차에 밀크를 부으면 밀크는 갑자기 뜨거워져서 밀크에 함유된 단백질이 변하여 맛이 나빠진다. 그러나 밀크에 조금씩 홍차를 부으면 밀크의 온도도 조금씩 올라가게 되므로 단백질의 열변성熱變性은 일어나지 않는다."라고 한 것이다.

발표 다음날인 6월 25일자 영국 유력지『더 가디언The Guardian』은 "완전한 한 잔의 홍차를 우리는 방법: 밀크를 먼저 넣자How to make a perfect cuppa: put milk in first"라는 제호를 달아 130여 년간의 기나긴 논쟁의 종식을 알리면서 "영국 국민의 반은 이것을 선전 포고로 받아들일지도 모르겠다."라면서 발표되기까지의 어려움을 표현하였다. 영국 국민의 반은 MIA 편이었기 때문이다. 오웰의 다론은 이제 하나의 역사적 이야깃거리로만 남게 되었다.

세계 차 소비량의 70~80%는 홍차이다. 홍차는 영국만의 문화가 아니라는 것을 산수적으로 입증해 준다. 따라서 홍차 문화는 세계인의 차 문화이다. 이제부터라도 홍차 문화에 대한 인식 전환이 필요한 때이다.

다시 보는 차 문화

제4부

동서양 차 문화의 만남과 교류

마르코 폴로의

『동방견문록』

    이탈리아 베네치아의 상인이자 모험가인 마르코 폴로Marco Polo, 1254~
1324는 1271년부터 1295년까지 24년에 걸친 아시아 여행을 마치고 귀
국한 3년 후 제노바와 전쟁이 일어나자 병사로 자원하여 종군 중에 포
로가 되어 투옥된다. 그와 함께 수감
된 전문 저술가 루스티첼로Rustichello Da
Pisa에게 그동안의 여행담을 구술한 이
야기 기록본을 『동방견문록The Travels of
Marco Polo』이라고 하는데, 원본은 일찍
분실되어 없고 130여 종의 사본만이
남아 있을 뿐이다. 루스티첼로는 마르
코 폴로가 구술한 내용에 자신이 들은
이야기나 뜬소문을 제멋대로 가필하
였다는 견해가 지배적이다. 그렇기 때
문에 과장되었거나 믿기지 않은 부분

『동방견문록』 초판에 실린 마르코 폴로 초상화

다시 보는 차 문화

들도 있기는 하나, 1934년 저명한 학자들이 기왕에 나온 사본들을 종합적으로 검토한 끝에 공동 편집 형식으로 단일본을 만들어 내게 되었다.

문제는 당나라와 송대를 거쳐 오면서 중국의 차 문화가 전성기를 맞아 서민층에까지 차 생활 습관이 보편화되고 있던 시점이자, 염세鹽稅와 더불어 높은 차세茶稅가 부과되고 거래 허가 제도인 인제引制마저 엄격하게 시행되면서 여러 지방의 민심이 극도로 흉흉했던 시기에 중국에 있었으면서도, 마르코 폴로의 여행기에는 차에 관한 기록을 전혀 찾아볼 수 없다는 점이다.

차가 없는 중국 이야기, 『동방견문록』

마르코 폴로가 소아시아, 이란, 타지키스탄, 장안을 거쳐 원元의 쿠빌라이 궁전이 있는 상도上都. 현재의 張家口 근처에 도착한 것은 1274년의 일이다. 그때의 상도는 쿠빌라이가 몽골 고원 남부에 세운 도성으로 베이징에서 북쪽으로 약 275km되는 곳에 위치하고 있었으나, 남송南宋이 멸망하고 남쪽에 위치한 대도大都, 즉 지금의 베이징으로 천도하고 상도는 여름 피서용 행궁으로 사용되고 있었다. 상도에서 대도로 간 마르코 폴로는 쿠빌라이의 지극한 총애를 받으면서 자그마치 17년간 원 왕조의 정치관이 되기도 하고 왕실의 사관仕官과 여러 관직을 지냈으며, 중국 남서부의 윈난雲南, 쑤저우蘇州, 양저우楊州에서 징세 실무를 보기도 하고 사절로서 남부 지방과 동부 여러 곳을 여행하였는데 어찌 차를 접하지 않았겠는가 하는 것이다.

이에 대하여 『차의 모든 것All About Tea』의 저자 유커스William H. Ukers, 1873~1954는 『차 이야기The Romance of Tea』에서 "마르코 폴로가 중국을 찾았

을 때는 중국인들 사이에 차를 즐겨 마셨음
에도 차에 대한 언급이 없다. 그 이유는 간
단하다. 폴로는 타타르 인Tatar 침략자인 쿠
빌라이 칸 밑에서 대부분의 시간을 보냄으
로써 피지배자의 습관에는 거의 관심을 보
이지 않았기 때문이다."라고 하였다. 또한
"지배 계층인 몽골 족 사이에 그 당시 아직
음다 풍습이 보급되지 않았기 때문이다.

타타르 인 복장을 한 마르코 폴로

피지배 민족인 한족 사이에서는 음다와 투차鬪茶가 성행하였고 여성의
전족纏足 풍습도 유행했던 때인데도 관심 밖"의 일로 언급하지 않았다는
것이다. 같은 시기에 대도를 찾은 몇몇 선교사 역시 수기를 남겼음에도
차에 대한 언급이 없는 점으로 보아 같은 맥락에서일 것이라는 견해이
다. 중국의 저명한 역사학자 양즈주楊志玖 교수도 유커스와 비슷한 견해
를 보이고 있다.

『동방견문록』의 가치

이와 같은 긍정적인 평가와는 달리 일부 소수 학자들은 차뿐만 아니
라 만리장성, 문자, 전족, 목판화, 젓가락 등 중요 지물과 풍속 등이 언
급되지 않은 점으로 보아 마르코 폴로가 원나라를 방문하지도 않고 흑
해黑海 근방에서 얻은 정보를 모은 것이라 하기도 하고, 몽골과 원의 역
사에 마르코 폴로에 대한 기록이 전무한 것으로 보아 대필 작가인 루스
티첼로의 풍부한 상상력이 마르코 폴로로부터 들은 이야기를 기초로 하
여 당시에 떠돌던 아시아에 대한 풍물들을 섞어 꾸며 낸 것이라고 말하

다시 보는 차 문화

기도 한다. 하지만 마르코 폴로의 여행기 자체는 유럽 세계에 미지의 동방 세계를 알리는 계기가 되었다는 역사적 의미는 부정할 수 없는 사실로 인식되고 있다.

『동방견문록』에서 비록 전성기를 이루었던 차 생활이 소외된 아쉬움은 많으나 그 자체가 견문이냐 풍문이냐를 떠나서 아시아를 이해하는 대 로망으로 각색되어 오늘에 이르고 있다. 문헌을 통해서 유럽 지역으로 차가 소개되기는 마르코 폴로가 세상을 떠난 지 235년 후인 1559년경의 일이다. 베네치아인 작가이자 십인위원회十人委員會[50] 서기관인 조반니 바티스타 라무시오Giovanni Battista Ramusio의 『항해와 여행기』에서이다.

---

[50]   베네치아 공화국 대평의회에서 선정된 10인의 위원회.

『다경』과

『차의 모든 것』

동서양 차 문화사의 위대한 업적

필자는 오래전부터 당나라의 육우陸羽가 저술한 『다경茶經』과 『차와 커피저널Tea & Coffee Trade Journal』의 주간이었던 유커스William H. Ukers가 1935년에 저술한 『차의 모든 것All About Tea』, 이 두 권의 다서야말로 인류 차 문화사에 길이 남을 위대한 업적이자 유산이라고 생각해 왔다.

『다경』은 쉽게 접할 수 있는 데 반해 『차의 모든 것』은 외국 인터넷을 통해서 간신히 개략적인 소개에 만족해야 했던 터라, 다서를 애장하고 있는 필자로서는 『차의 모든 것』을 제대로 보지 못한 부끄러움이 언제나 뇌리에서 떠나지를 않았다. 그토록 바라던 책이 서울시립대학교 남기범 교수를 통해서 필자의 서가에서 『다경』과 함께 자리하게 되었으니 실로 10여 년에 걸친 기나긴 바람 끝에 일구어 낸 만남이라 할 수 있다. 이 책을 보면서 과연 『다경』과 함께 차의 세계를 문화의 반석 위에 굳게 올려놓은 압권이라는 것을 실감할 수 있게 되었다.

볼테르가 "세계는 몇 권의 책에 의해서 지배되었다."라고 말한 바와

다시 보는 차 문화

같이 『다경』과 『차의 모든 것』은 분명 차 문화사적으로나 사상적으로 가장 높이 평가받고 있을 뿐만 아니라, 오늘에 이르기까지 차 문화 연구의 교본이자 지침서로서 세계인의 사랑을 받고 있다.

그 이유는 무엇일까? 몇 가지 사실만으로도 당위성을 찾아볼 수 있다. 먼저 이 두 권의 명저는 세계 최초로 체계적으로 정리된 단행본의 차 전문 서적이자 최고의 고전이다. 당대 이전에 편집된 책 중에서 역사서와 제도에 연관된 책을 제외하고는 대부분의 책이 시문이나 수필 등 단문의 에세이 형식으로 되어 있는 데 반하여, 『다경』은 상·중·하의 3권으로 구분하고 이를 일지一之에서 십지十之까지 분류함으로써 편집을 체계화하였다. 『차의 모든 것』 또한 두 권으로 하고 6편과 54장, 그리고 4편의 부록과 색인으로 구성되어 가장 현대적이고 문헌적인 기법으로 편집되어 있어 다서로서의 가치에 더하여 서지학적으로도 높이 평가되고 있다.

저술을 위한 육우의 교유와 유커스의 답사

둘째, 이 두 권의 책은 다른 사람의 이야기나 자료를 인용하여 집대성한 것이 아니라 다년간의 각고 끝에 실증적으로 저술한 책이다. 『다경』은 760년경부터 시작하여 765년에 초고가 탈고되고 그로부터 15년 후인 780년에 마지막 제3권을 탈고하였으며, 『차의 모든 것』은 집필하기 25년 전부터 기획되어 자료를 수집하고 답사와 확인을 거쳐 수집된 자료를 다시 12년을 두고 정리한 끝에 1935년에 출간한 노작이다. 육우나 유커스 모두 기나긴 로드맵으로 치밀한 기획과 광범위한 자료의 수집 및 정리 그리고 실증을 통하여 일구어 낸 것임을 알 수 있다.

다작과 모작이 성행하는 요즘의 출판 풍조를 보면서 깊이 감명할 뿐이다. 특히 이 과정에서 빼놓을 수 없는 것은 육우의 폭넓은 교유이다. 『신당서新唐書』에 의하면 차인茶人은 물론 시인, 선승, 관료와 유가, 도사 등 많은 당대의 현학들과 교유가 있었다.

유소년기에는 용개사 지적선사智積禪師로부터 불교를 배우고, 스무 살에 최국보崔國輔와의 교유에서 시문과 차를 익혔으며, 그로부터 4년 후인 스물넷에 고시의 걸작으로 널리 알려진 용문팔영龍門八詠으로 이름난 유장경劉長卿을, 스물여섯에 유담柳澹과 황보염黃甫冉·황보증黃甫曾 형제를 만나 차와 시문을 논하고, 당나라 중기 저명한 시승詩僧인 교연皎然과 만나게 된다. 육우는 그의 자전에서 교연과의 만남을, 승려와 속인이 나이와 세대를 잊은 채 교유했었다고 말한 바와 같이 열 살 이상 연상인 교연과의 우정은 각별하였다. 함께 시작詩作을 즐기고 불교를 연구하기도 하고 여행에 동반자가 되어 차의 정신을 말하기도 하였다. 특히 교연은 차 생활에 있어 검덕儉德 정신을 중요시하고 차에 관한 식물학, 차 따기, 차 우리기, 품차 등 이론적으로 출중했던 선승으로 육우의 차 문화 사상 형성에 가장 많은 영향을 끼쳤을 뿐 아니라 『다경』에도 이러한 교연의 사상이 많이 반영된 것으로 평가되고 있다.

스물일곱 살이 되면서 육우의 차 산지 답사가 활발해진다. 후베이 성湖北省의 동부, 장시 성江西省의 북부, 안후이 성安徽省의 남부와 북부, 장쑤 성江蘇省 등의 차 산지나 사찰을 찾아다니면서 차를 따서 우려 보고 물맛을 보기도 하고 지역의 지명도 높은 인사들과 만나 차를 이야기하고 물어 들으며 실증을 거듭하고 식견을 넓혀 갔다. 바로 이해에 절서절도사로 부임하게 된 안진경顏眞卿을 알게 된다. 안진경은 불의를 모르고 언제나 정의만을 앞세우는 완고한 처신으로 조정이나 고관들의 미움을 사 좌천만을 거듭하던 인물로, 예절에 엄격하며 소박하고 검소한 생활을 하면서도 글을 쓰고 시작을 하면서 차를 사랑하고 검덕의 미를 추구한 고매한 인품의 소유자였다. 육우는 안진경의 도움으로 계속 인맥을 넓혀 갔는데, 시인 대숙윤戴叔倫도 이 무렵에 알게 된다.

서른한 살에는 도사道士이면서 여중시호女中詩豪로 불려 오던 이야李冶를 만나 도학을 깊이 접하게 된다. 『다경』에 팔괘와 음양오행 등 주역 사상이 적극적으로 반영되어 있음을 볼 때 이는 이야와의 교유의 영향이라 할 수 있다. 서른세 살 젊은 나이에 초고를 펴낸 후 마흔여덟에 상재하였다. 이 밖에도 육우는 『군신계君臣契』, 『원해源解』, 『강표사성보江表四姓譜』, 『남북인물지南北人物誌』, 『오흥역간기吳興歷官記』, 『호주자사기湖州刺史記』, 『점몽占夢』 등의 저서를 지었다고 하나 전해 내려오고 있는 것은 『다경』뿐이다.

한편, 유커스는 다양한 차 문화 자료를 수집하기 위하여 차 생산국인 중국, 일본, 인도, 스리랑카, 인도네시아, 브라질 등과 소비국인 영국, 구소련, 프랑스 등 세계 여러 나라를 편력하면서 많은 박물관과 도서관, 대학, 관련 단체, 생산 현장, 그 밖에도 수없이 많은 전문가의 면담과 자문을 얻어 낸 끝에 감히 누구도 엄두 못 내던 세계 최초의 사전적 다서茶書, 즉 차의 백과전서격인 『차의 모든 것』이라는 대작을 1935년에 출간하기에 이른 것이다. 그 밖에도 『차와 커피구매자를 위한 안내서Tea and Coffee Buyers Guide』, 『간추린 차의 지식Tea in a Nut-shell』, 『다섯 권의 짧은 여행기Little Journey Series of Five Booklet: Trip to China, India, Ceylon, Japan, Formosa, Java and Sumatra』, 『우리가 알아야 할 차 상식What Everyone Should Know About Tea』, 『차 이야기The Romance of Tea』등의 명저들을 남긴 바 있다.

그 무엇에도 비견할 수 없는 것은 이 책들만이 가지는 금과옥조와 같이 소중한 창의력과 풍부한 내용상의 가치이다. 육우는 식물로서의 차, 약물로서의 차를 초월하여 자연과학과 사회과학으로서의 차에 불교·유교·도교, 즉 삼교 정신을 융화시킴으로써 인간과 차의 정신적 교감을 도모하였고, 유커스는 은둔과 내향적인 동양적 차 규범과 외향적이고 엑티브한 서양의 차 규범을 실증적으로 세상에 널리 알리고, 이러한 상이한 문화적 이질성을 통하여 변화하는 산업 사회에 부응하려는 노력을 시도하였다.

『다경』의 내용과 가치

먼저 『다경』을 보면 일지원一之源에서는 차의 식물적 해설과 차의 문자와 이름의 변천 과정, 차나무의 생육 재배와 차의 효능 등을 말하고 있다. 이지구二之具에서는 차를 만드는 데 쓰이는 기구들을 나열하고 바른 사용법을 설명하고 있다. 삼지조三之造에서는 찻잎 따는 시기, 찻잎 따는 요령과 차싹 선별법을, 사지기四之器에서는 차를 우려 마시는 데 쓰이는 24종류의 도구 크기와 재질에 대하여 구체적으로 설명하였다. 오지자五之煮에서는 알맞게 굽기, 차 땔감과 물의 선택, 찻물 끓이기, 간 맞추기, 차 가루 넣기, 나누어 따르기 등을, 육지음六之飮에서는 차 마시기의 역사, 차 마시기의 폐습, 차를 마시게 되기까지의 아홉 가지 어려움九難과 사람 수에 따른 행다법이 쓰여 있다.

칠지사七之事에서는 책을 집필하기 이전의 사료 48종을 인용하고 있다. 팔지출八之出에서는 차의 산지가 창강長江 양안의 유역으로 특히 창

「다경」

강 지류의 민장岷江 강 유역에 밀집되어 있으며, 구이저우 성, 후베이와 후난 성, 장시 성, 허난 성 남부, 안후이 성, 장쑤 성, 저장 성에 이른다고 하였다. 구지략九之略에서는 들이나 절이나 별장 등에서 갖는 다회에서 생략할 수 있는 다구茶具를 정식 다회와 구별하였고, 돌 위에 앉을 수 있을 때에는 진열대를 폐하고 다섯 사람 이하면 체를, 그 밖에도 높은 곳에서나 광주리 사용 시에 폐할 다구 등 차의 응용 형식을 설명하고 있다. 마지막으로 십지도十之圖에서는 『다경』의 본문을 비단에 써서 찻자리에 걸어 두고 좌우명으로 하는 요령을 설명하였다.

『차의 모든 것』의 내용과 가치

유커스의 『차의 모든 것』은 2권, 6편, 54장, 1,151쪽 | 권 575p, 2권 576p, 60만 자로 되어 있고, 부록으로는 500건에 이르는 방대한 분량의 차의 역사 연표와 425개의 차 용어를 해설한 사전, 2천 권이 넘는 차와 연관

되는 서적 목록과 1만 항목이 넘는 색인이 포함된 대작으로, 유커스 이후 아직까지 이에 비견할 만한 전서적인 책은 나오지 않고 있다.

　책의 구성과 내용을 약술하자면, 1권은 3편 27장으로 구성되어 있다. 1편은 역사Historical Aspects 편으로 기원전의 전설과 차의 원산지, 차의 재배와 끽다 습관, 차의 전파 과정을 자세히 설명하고 있으며, 특히 세계 최초의『다경Ch'a Ching: Tea Scripture』영문 요약 번역본을 소개하고 있다. 그 밖에 동인도 회사 이야기, 차세茶稅와 미국, 클리퍼Tea Clippers, 차 생산국들의 차의 역사가 기록되어 있다.

　2편 기술Technical Aspects 편에서는 각종 차의 특징과 상업상의 가치, 차의 심사 방법과 물의 중요성을 서술하고, 중국을 비롯한 여러 생산국들의 재배와 제조, 중국에서의 초기 수제차 제다에서 기계화된 공장의 변천사에 이르기까지를 논하였다. 3편은 과학Scientific Aspects 편으로 차의 어원, 차의 식물학과 조직학에 대하여 논하였다. 다만 차의 화학, 약리학, 위생학 분야는 인도 차업협회 화학 담당자의 도움을 받아 쓰였으며, 차와 건강에 대한 신문 기사들을 발췌·수록하였다.

　2권은 3편4~6편 29장으로 구성되었다. 4편은 상업Commercial Aspects 편으로 차 상품의 생산에서 소비 단계에 이르는 차의 유통과 차 광고의 역사가 진귀한 사진들과 더불어 소개되어 있다. 5편은 사회Social Aspects 편으로 중국과 일본, 네덜란드, 영국, 미국 등 사회생활에서의 차의 역할과 18세기 런던의 티가든Tea Garden, 초기와 현대 세계의 음다 풍속, 음다 도구의 변천, 티백, 과학적인 음다법과 차의 구매 방법에 대해 해설하고 있다. 6편은 예술Artistic Aspects 편으로 차에 관한 진귀한 회화, 조각, 사진, 차요茶謠 Tea in Music의 해설과 춤을 소개하고 있어 문화적 가치를 더

유커스의 『차의 모든 것』

해 준다.

『다경』은 여러 나라 말로 번역되어 세계인의 애독서가 된 지 오래이다. 이와는 달리 『차의 모든 것』은 영어 언어권에서는 많이 읽혀 왔으나그 밖의 지역에서는 내용의 전문성과 방대한 분량으로 인한 번역의 어려움과 막대한 출판 비용 때문에 번역이 늦어져 보급에 어려움을 겪고있다. 출판된 지 14년 후인 1949년에 중국의 위줴농吳覺農에 의해서 『차엽전서茶葉全書』라는 이름으로 중국어로 번역된 것이 유일하지만 보급에는 실패했다. 2011년 위줴농에 이어 중국의 이자依佳, 류타오劉濤, 장하이디姜海蒂 세 사람이 『차엽전서茶葉全書』라는 이름으로 중요 부분만을 편역하여 출판하였다.

일본에서는 최근 시즈오카 대학靜岡大學을 중심으로 분야별 번역원역작업이 한창 진행되고 있다. 우리도 하루빨리 학계나 문화 재단 등이 중심이 되어 번역이 이루어졌으면 하는 바람이다.

이상 두 권의 구성과 개략적인 내용에서 보는 바와 같이 실로 육우의해박한 지식과 폭넓은 우주관, 논리의 정연성과 체계화된 응집력 등 놀라운 천재성과 유커스의 범세계적인 방대한 자료 수집과 실증적 연구로 동서 차 문화의 정체성을 규명하고 산업화의 기초가 되고 글로벌화한 획기적 노력과 공헌에 경탄할 뿐이다.

"책은 대천재大天才가 인류에게 남긴 유산"이라는 말이 있듯이 『다경』은 차 문화의 성서적 길잡이로, 『차의 모든 것』 또한 전서적 걸작으로 차 문화사에 길이 빛날 불후의 명작들이다.

먹거리 환경과

좋은 차

　사람이 살아가는 데는 체온 조절에 필요한 열에너지와 다양한 신체 활동에 필요한 화학적 에너지, 그리고 신경 계통의 운용을 지원할 전기 에너지의 원활한 공급은 물론 생체 형성과 성장, 조직 재생 등의 여러 가지 생명 현상의 유지와 조절에도 많은 생화학 물질들을 필요로 한다. 그 밖에도 감각을 충족시키기도 하고 면역 강화와 생리 활성을 조절하는 일련의 생명체 유지 및 보존의 기본적인 전 과정을 우리는 식품 섭취를 통해서 달성한다. 다시 말하면 우리가 생존해 나가기 위한 가장 기본적이고 직접적인 조건은 먹는 것이다.

　인간은 생명을 유지하고 연장하는 데 필수적으로 요구되는 영양소를 양적으로 알맞으면서도 질적으로 배합이 잘되게 먹음으로써 건강한 삶을 유지하는 동력을 얻게 된다. 이와 같이 인간이 살아가는 데 없어서는 안 될 필수 영양소를 공급해 주는 물질을 먹거리 또는 식품이라고 하며, 이 먹거리 가운데 마실 거리는 특성과 기능에 따라 일반적으로 세 가지로 분류된다. 첫째는 생명을 유지하기 위한 영양 기능으로 1차 기능이라고 하며, 둘째는 향이나 맛, 색과 같은 감각 기능으로 2차 기능이라고 하며 기호 음료라고도 한다. 셋째는 생체 방어, 질병의 예방과 노화 방지, 질병 회복과 같은 생체 조절 기능을 3차 기능이라 하며 기능 음료라고도 한다.

차는 몇 해 전까지만 하여도 1차 기능인 영양 기능과 2차 기능인 감각 기능이 혼재하는 식품으로 인식되어 왔으나, 근년에 와서 식품 화학의 눈부신 발달에 힘입어 3차 기능인 생체 조절 기능도 함께하는 훌륭한 식품으로 판명되었다. 확고한 치유 식품Healing food의 반열에 들어서면서 차를 건강 음료라 부르기도 하고, 건강과 장수를 확실하게 보장해 준다는 뜻에서 보험 음료라고 말하는 사람도 있다. 이와 같이 차에 대한 인식이 변화하면서 엄청난 수요 증가를 가져왔다.

그러나 이러한 수요 증가의 이면에 일어나고 있는 먹거리 환경은 어떠한가를 냉철히 살펴볼 필요가 있다. 전 지구적 규모로 일어나고 있는 인간의 먹거리 환경은 극도로 열악한 나머지 인류의 생존 자체를 위협하는 심각한 수준에까지 이르고 있다.

산업화에 따라 필연적으로 일어나는 대량 생산과 대량 소비 생활에 기인하는 오존층의 파괴와 그에 따른 지구 온난화로 기상 이변이 빈발하고, 산성비는 토양 표층수表層水의 알칼리도를 저하시켜 토양에서 생명 유지에 필요한 영양분이 씻겨 내려가고 중금속의 용출을 촉진시켜 호수와 늪의 수소 이온 농도를 낮춤으로써 수생 동식물의 생장 환경을 악화시키며, 육상에서는 농작물의 생산량이 감소되고 산림이 쇠퇴하여 고사되고 있다. 그런가 하면 인간이 지금까지 만들어 낸 막대한 양의 화학 물질, 그중에서 공업용으로 쓰이는 물질만도 수만 종이 될 것으로 보고 있다. 특히 석유 화학 공업, 플라스틱 수지 제조 공업, 화학 약품 공업, 농약 제조 공업 등에서는 제조 과정 등에서 유해한 화학 물질 등 많은 양의 폐기물을 배출한다.

그 밖에도 수질 오염, 지구의 사막화, 열대림의 감소, 생물종의 감소, 유전자 재결합과 조작을 포함한 생명공학 등의 첨단 기술 개발에 따른 후유증, 또한 그러한 여러 요인들의 화학적 상승 현상은 심각하다 못해 우리 인류의 생존마저 한시적 상황으로 내몰고 있다. 이와 같은 지구 규모적인 열악한 환경과 재앙 속에서 먹거리 식재들이 제공되고 있는 것이 오늘의 현실이다.

2005년 9월에 한국소비자보호원에서는 시중에 유통 중인 외국산 차 30개 제품과 국내산 차 29개 제품을 수거하여 농약과 중금속 잔류 여부를 시험한 결과를 발표한 일이 있다. 그에 의하면 대부분의 차에서 잔류 허용 기준치를 웃도는 양이 검출되었다.

하나의 위해를 피하고 나면 또 다른 변형된 악재가 밀려오는 악순환은 끝이 없다. 이제는 생산자의 무너진 도덕과 소비자의 분노와 불신감이 먹거리 환경의 혼란을 낳고 있다. 우리가 마시는 차 또한 이와 같은 먹거리 환경의 굴레에서 생산되는 것이다. 참선수행參禪修行을 매개하고 자양소를 통해 인체의 필수 기능을 보조해 온 차는 기나긴 세월을 지나오면서 천하의 덕식德食으로 찬사를 받아 왔다. 그러나 오늘날과 같이 윤리와 도덕 그리고 인간성이 상실된 위기에 놓인 먹거리 환경에서 우리는 과연 어떤 차를 마셔야 하는 것인지 걱정이 앞서게 된다.

일반적으로 좋은 차라 하면 생잎生葉일 때 맑은 녹색을 띠고, 윤택이 나며, 잎의 모양이 단정한 것을 말하며, 가공된 잎의 경우에는 건조·보관 상태가 양호하고, 색이 짙은 녹색으로 균일하고 신선하며, 세세하게 비벼 만들어진 것이 좋은 것이다. 우려진 차는 찻그릇이나 차의 종류에 따라 다르기 때문에 일정하게 어떻다고 말할 수 없으나 대체로 찻물 빛깔이 맑고淸, 맛은 단 감칠맛이거나 향기롭고 달콤香甛하며 향기는 청향淸香이라는 말을 많이 쓰고 있으며, 임어당林語堂은 어린애의 살결에서 풍기는 유현한 맛이라 하였다.

이상에서 보는 바와 같은 색, 향, 미와 형태 등 관능적인 방법으로 차의 좋고 나쁨을 식별하는 전통적인 방법이 일반적이지만, 현실과 괴리된 비과학적인 방법은 조속히 개선되어야 한다. 제도적 개선과 더불어 소비자 스스로의 자각으로 좋고 나쁨을 분별하고 이용하는 슬기로움이 따라야 할 것이라고 생각된다. 몇 가지 이유를 들어 보자.

첫째, 차나무는 여느 식물과는 달리 1년에 수차례의 새잎 따기로 나무의 양분 소모가 많아 재생장을 위한 축적 양분이 필요하기 때문에 질소를 중심으로 많은 비료 성분을 보급하여야 한다. 이때의 비료는 화학 비료와 유기질 비료를 쓰고 있는데, 차나무의 경우 품질 향상을 위해서 유기질 비료를 많이 사용하는 것이 특징이라고 할 수 있다. 다시 말하면 완전히 숙성한 톱밥 퇴비, 나무껍질 퇴비, 돈분, 계분, 우분 등을 사용한다.

몇 년 전부터 생산자들은 제품 포장지에 '유기질 비료 사용'이라는 표시를 넣어 화학 비료로 재배한 차와 차별화 전략을 쓰고 있다. 유기질 비료로 재배한 차나무가 화학 비료 재배 차에 비하여 토양교정土壤矯正 효과가 크기 때문에 찻잎이 보다 건강하고 차의 품질 또한 좋다고 할 것이다.

둘째, 차나무도 식물인 이상 병충해가 있기 마련이다. 병충해는 품질을 떨어뜨리고 생산 감소를 초래하게 된다. 일본의 한 연구 기관의 보고에 의하면 무농약으로 재배할 경우 평균 20~30% 정도 수확이 감소한다고 한다. 물론 무농약 재배가 이상적이기는 하나 수확을 늘려야 하는 생산자 입장에서는 현실성이 부족하다고 할 것이다.

우리나라에서 발생 빈도가 높은 병해로는 탄저병, 차나무 겹둥무늬병, 차 떡병, 붉은 잎마름병, 흰별무늬병 등이 있고, 해충으로는 오누키애매미충, 차 응애, 동백가는나방, 차 애모무늬잎말이나방, 애무늬고리장님노린재, 볼록총채벌레 등이 있다. 이들 차나무의 병충해 방제는 천적 등에 의한 생물학적 방제가 가장 바람직하나 실용화까지는 요원한 실정이고, 오직 농약 등에 의한 살균제의 사용만이 방제 수단일 뿐이다. 정부에서는 차로 인한 인체 피해 예방을 위하여 농약 안전 사용 기준과 농약 잔류 허용 기준을 마련하여 농약 잔류와 잔취殘臭 문제의 안전을 도모하고 있으나, 차나무가 깊은 산골짜기나 인적이 드문 곳에 광범하게 산재되어 있고, 농약 사용의 최적 시간대가 아침과 저녁이라는 특수성으로 인해 지도와 단속에 어려움이 있다. 그뿐만 아니라 차밭에는 이랑에서 자라는 잡초로 차나무의 생육을 저해하는 경우가 허다하다. 차밭에서 자라는 잡초는 다년생이 많고 무성해지면 차나무와의 사이에 영양과 수분의 흡수 경합 관계가 형성되기 때문에 인력으로 제초를 하거나 이랑에 검정 필름이나 부직포, 왕겨, 볏짚 등을 피복하여 미리 잡초의 발아·생육을 억제시키기도 하지만, 노동력 부족 등으로 발아를 억제시키는 토양처리제土壤處理劑와 생육한 잡초에 살포하는 경엽처리제莖葉處理劑를 사용하기도 하기 때문에 이 또한 잔효성殘效性·잔독성殘毒性 등의 약해가 없도록 부단한 관심과 노력을 기울여야 한다.

수입차의 경우 수입선의 대부분이 개발 도상국이거나 후진국이어서 위생적인 품질 관리보다는 대량 생산에 주안점을 두고 생산할 개연성이 많다. 수입 개방이 광범위하게 이루어지고 외국을 드나드는 관광, 출입 인구가 늘어나는 추세에서 수입품과 행낭을 통해 들어오는 차의 품질은 여간 걱정스러운 바가 아니다. 차 먹거리에서만이라도 발생하지 않도록 법적인 재정비와 통관 물품의 검사 강화, 시중 유통 차에 대한 불시 품질 검사 등을 효율화하였으면 한다.

또한 수입차가 늘어남에 따라 몰지각한 악덕 상인들이 값싸고 농약으로 오염된 수입차 원료와 국내차를 혼합한 불량 제품을 국내산 등으로 둔갑하여 유통시키는 불행한 일이 없으리라는 보장도 없지 않은가 하는 걱정이 앞선다. 일부 국가에서는 예방 차원에서 외국 농가의 생산에 직접 참여하는 이른바 이력 추적 가능성traceability, 즉 생산 현장으로부터 식품의 이력을 추적하는 제도를 도입하고 있다.

셋째, 수입차나 행낭차가 과연 이물질adulteration이나 착색coloring하지 않고 깨끗이 정선된 순수한 차인가 하는 것이다. 제인 패티그루Jane Pettigrew는 『차의 사회사』에서 1725년경의 영국에서는 "많은 양의 자두나무 잎, 리커나무잎, 한 번 사용한 찻잎, 기타 다른 나뭇잎, 차와 비슷한 관목류의 나뭇잎, 이러한 나뭇잎을 섞고 착색하고 변형시키는 일 등 녹차에 불순물을 넣기가 쉽다는 것이 차를 마시는 대중에게 알려지자 이제는 많은 사람들이 오직 홍차만 찾게 되었다고 소개하고 있다. 이것이 아마도 영국인의 홍차 선호 경향의 기원이 될 것이다."라고 말했다. 그리고 로버트 포천Robert Fortune 또한 『차의 나라 중국 여행기A Journey to the Tea Countries of China』에서 "찻잎에 불순물을 섞는 일은 비단 영국뿐만 아니라 다른 나라에서도 행해졌다. 사실상 차에 첨가물을 넣는 것은 중국에서는 오랜 관행이다. 중국인의 방법은 때때로 감청색의 차를 으깨서 고운 가루로 만드는데 여기에 석고를 약간 섞어서 연한 청색으로 만든다. 이 석고 가루는 마지막 덖음 과정roasting의 5분 전에 첨가한다."라고 하였는가 하면, 리처드 트와이닝Richard Twining은 그의 저서『차와 창호세에 관한 법률과 차 무역에 관한 고찰Observations on the Tea & Window Act and on the Tea Trade』에서 '물푸레나무잎과 혼합하여 가짜 차를 만드는 방법'을 설명하고 있다.

또한 일본에서는 1862년 요코하마에 거주하던 외국 상인들이 중국인들을 상하이에서 불러들여 착색차着色茶를 만들었다고 한다. 이 착색차는 활석분滑石粉, 흑염 등을 조합한 것을 차와 함께 가열·교반·마찰하면 찻잎에 윤이 나고 짙은 녹색이 된다는 것이다. 당시 중국과 일본에서 수출되던 차의 대부분이 착색차였다는 사실이 점차 알려짐에 따라 영국으로의 수출이 격감되었고, 미국에서는 1911년 착색차의 수입을 전면 금지한 바도 있다.

이와 같은 몇 가지 사례에서 보는 바와 같이 과학 문명과 인지가 보다 발달한 오늘에서야 한층 더 교묘하고 은밀한 방법의 차가 유통될 수 있다는 개연성을 예단할 수 있게 한다.

먹거리는 우리의 생명을 담보로 하는 것이다. 과학적인 배경과 위생적인 검증이 보장된 먹거리 문화의 기틀이 굳게 다져지기를 바라는 마음이다. 다시 말하거니와 현대적 의미에서의 좋은 차는 1차적으로 인위적이고 작위적인 오염이 없는 차로서 색, 향, 미의 이른바 삼절三絕을 겸비한 것이라야 할 것이다.

당나라의 시인 피일휴皮日休는 차사茶舍에 "청향만산월淸香滿山月"이라
는 글귀를 써 두었다. "차의 맑고 향기로움이 산에 걸린 달에 다다를 만
큼 널리 퍼져 자욱하구나"라는 말로 차 세계의 신묘함을 표현한 바 있
다. 차의 신비와 낭만이 온 세상에 퍼졌으면 한다.

차 문화는

종합 문화이다

차를 즐기는 인구가 날로 늘어나는 추세에 있다. 몇 해 전까지만 해도 찾아보기 힘들었던 전통찻집이 이제는 마을 어귀나 도심, 한적한 교외 등 우리의 근린 생활권이나 1일 레저권에서도 어렵사리 접할 수 있게 되었을 뿐 아니라 많은 가정에까지 일상화되어 가는 추세이다. 음다 인구의 증가는 해방 이후 서구 문화의 유입에 편승하여 음료 문화의 상당한 위치를 잠식해 왔던 커피에서 다시 우리의 전승 음료로 회귀하는 일종의 '르네상스'가 일고 있다. 결코 외래 음료를 배척하려는 의도에서가 아니다. 음료 문화는 세계인 공유의 문화이기 때문이다.

다성茶聖으로 추앙받고 있는 육우는 그의 저서 『다경』「육지음六之飮」에서, "마신다는 것의 의미는 실로 깊다. 갈증을 가시게 하기 위해서는 미음이나 숭늉 따위를, 슬픔과 분노를 가라앉히려면 술을, 졸음을 쫓으려면 차를 마신다."라고 하여 세 가지의 마실 거리를 말한 바 있다. 그중에서도 차는 커피와 함께 우리 인간에게 가장 많은 영향을 끼친 마실 거리이다. 아열대의 야생에서 자란 차나무 잎은 염제 신농씨 이후의 약식동원藥食同源 사상과 맥을 같이하는 치유 식품으로 인식되어 오면서, 세월의 흐름에 따라 인간과의 관계가 꾸준히 깊어져 왔다.

한편 차에는 카테킨류와 카페인, 플라보놀, 항산화성 비타민, 항당뇨성 헤트로다당, 아미노산, 사포닌, 미네랄 등 다양하고 많은 생리 기능성 성분이 함유되어 있어서 식품의 1차 기능인 영양 기능과 2차 기능인 감각 기능을 넘어 질병의 예방과 회복, 노화 억제 등 체조절 기능인 3차 기능까지 있음이 밝혀지면서 다른 마실 거리와는 한 차원 다른 식품으로 인식이 바뀌었다. 특히 우리의 오랜 문화적 배경과 테라피therapy 산업의 보급 등으로 음다 인구가 놀라운 기세로 늘어나고 있다.

현대 문명은 빈곤과 포식의 시대를 동시에 맞고 있다. 빈곤층에게는 설탕이나 육류가 구제의 수단일 수 있으나, 포식층에서는 과식과 거식拒食이 큰 사회 문제가 되고 있다. 앞으로 차 문화의 발전은 인류 건강에 크게 기여할 것으로 기대된다. 그러나 그토록 훌륭한 차의 실체는 과연 어떻게 이해되고 있는 것일까. 차 문화가 어떤 방향에서 어느 정도로 투사되고 있는 것일까.

안타깝게도 차 문화를 이해하려 하는 많은 사람들이 차의 약리 효능과 심미적인 예禮와 종교적인 선禪의 관계로서만 이해하려 드는 경향이 있음을 볼 때 자못 안타깝다. 왜냐하면 차 문화의 어느 편린을 전체로 인식하기 때문이다. 우리는 흔히 '차 문화'라는 말을 다반사로 사용한다. 그리 말하여도 전혀 거부감 없이 받아들여지는 이유는 어디에 있을까.

차는 인간과의 상관 관계에서 형성되는 단순 문화의 영역을 넘어 복합적인 종합 문화인 것이다. 이를 차 문화의 주요 요소별로 살펴보면 다음과 같다.

1. 차의 역사학 : 차의 기원 / 차와 신화 / 민속과 전통 / 차와 고전 / 차의 전파 / 차의
   교류 / 차의 문화사 / 차에 얽힌 역사적 사건

2. 차나무의 식물학 : 식물학적 분류 / 식물학적 특성 / 유전 형질 / 종내 변이와 유연
   관계 / 차나무의 재배 / 생육 환경 / 육종(育種) / 갱신(更新) / 토양 관리 / 비배 관리 /
   기상 재해 / 병충해

3. 차의 과학(의약학) : 차의 성분 / 차의 생화학 / 차의 약·의학 / 치유 식품(Healing Food)
   / 대체의학과 테라피 / 찻물의 과학

4. 차의 가공·식품학 : 발효 / 차종별 최적의 가공 / 제품의 품질 식별 및 관리 / 포장과
   보장 / 다과 / 음식 문화 발달사

5. 차와 공예학 : 도예 / 금속 공예 / 목·죽공예 / 다기·다구의 변천사 / 차종별 다기의
   특성 / 다기와 예술 / 다기의 미학 / 차의 공예 문화와 인류 문화

6. 차와 종교 : 차와 선사상(禪思想) / 차와 종교 / 차의 정신 / 차의 철학 / 차의 윤리

7. 차와 건축, 조경학 : 다실 구조의 변천 / 다실 인테리어 / 시대별·국가별 다실 공간
   구조의 특성 / 다실 정원의 축조와 사상 / 음양오행(陰陽五行)

8. 차의 예절학 : 예사상(禮思想) / 의식 차와 생활 차 예절 / 전통 예절과 현대 차 생활 /
   차 생활과 복식(服飾) / 다회(茶會) 운용과 행동거지 / 외국차 예절의 이해

9. 차와 문예 : 한국과 외국의 차시(茶詩) / 차와 문학 / 차와 서예, 미술, 음악, 꽃꽂이 /
   비교 문화로서의 차 문화

10. 제품의 상품학 : 지역별·품종별 제품의 특화 / 광고 / 포장 디자인 / 소비 유통(생산
    과 수요) / 수출입 등

이와 같은 요소들의 합성으로 된 무한의 세계를 보면서, 과연 우리는
지금 어떤 마음가짐과 수준에서 차 문화를 접하고 있는 것인지, 차 문화
를 배우는 방법론상의 문제는 없는지, 차 세계의 어느 한 모서리에서 편
협하고 방만하게 안주하고 있지나 않은지 자성해 볼 일이다.

예나 선이, 행다 기법이 차 문화의 전부인 양 생각하는 것은 문화 인식에 대한 착각이 아닐까. 몇 해 전에 차에 조예가 깊은 고향 후배를 만났는데 그 자리에서 다도 사전을 한 권 펴내고 싶다는 이야기를 하기에 극력 만류하면서 차 문화는 종합 문화이기 때문에 각계각층의 전문가들이 분야별로 서로 참여해서 엮어야 한다고 조언한 적이 있다.

일본 도쿄 대학 구와다 다다지카桑田忠親 교수가 편술한 『다도사전』은 29명의 저명 학자들이 참여하였고, 『중국차엽대사전中國茶葉大辭典』은 천쭝마오陳宗懋가 편집을 주관하고 관계 인사 200여 명의 참여로 이루어진 것이다.

차 문화는 오직 종합 문화의 토대 위에서만이 문화적 가치가 형성되는 것이라는 점을 알아야 한다. 차의 세계는 정신세계와 물질세계가 조화를 이루고, 전승 문화를 소중히 보전하면서 현대 과학에 적극적으로 접근하여야 하며, 이질적인 동서양의 차 문화를 조화하고 순화하면서 사회과학과 자연과학이 상호 의존적으로 연구 발전되어야 할 소우주이다.

넓고 깊은 차의 세계, 소박한 아름다움이 있고, 헌신과 중용 그리고 극기와 겸손이 함께 숨 쉬는 차의 철리哲理가 한없이 무겁게 느껴질 뿐이다.

차, 절대선이
아니다

우리 몸의 전신 또는 어느 부분에 장애가 생긴 현상을 병이라고 한다. 이 병을 신체적인 병과 정신적인 병의 두 가지로 크게 나누어 말한다. 한데 차를 즐기는 일부 사람들은 한결같이 차가 마치 신체와 정신적인 질환 모두를 다스리는 만병통치약인 양 추켜세운다. 가히 맹목적이다. 갈등은 여기서부터 시작이다.

『다부茶賦』를 노래한 이목李穆, 『동다송東茶頌』의 초의선사草衣禪師, 『다경茶經』의 육우陸羽, 『다보茶譜』의 모문석毛文錫, 『다록茶錄』의 채양蔡襄, 『대관다론大觀茶論』의 휘종 황제徽宗皇帝, 『다소茶疏』의 허차서許次紓, 『끽다양생기喫茶養生記』의 영서선사榮西禪師 등 많은 이들이 입이 닳도록 차의 공덕을 찬양하였다.

차에 대한 찬미론은 서양에서도 매양 마찬가지이다. 1904년 조너선 허친슨 경Sir Jonathan Hutchinson은 차를 "신경의 영양nerve nutrient"이라고 하였는가 하면, 1905년 조지 시라디George F. Shrady 박사는 "기계 시대의 정신안정제machine-age tranquillizer", 심지어 1908년 에든버러 왕립협회 살리비C. W. Saleeby 박사는 차를 "선한 사마리아 인good Samaritan"이라고 하였다. 니콜라스 브래디Nicholas Brady는 그의 시 「티 테이블」에서 차를 식물의 여왕이라면서 "그대의 미묘한 힘을 어찌 다 말할 수 있으리오How shall we speak thy complicated Pow'rs?"라고 찬탄하였다.

그 밖에도 수없이 많은 사람들이 찬미를 거듭해 왔다. 찬미의 공덕으로 지금에 이르기까지 인류사에 신비로운 선약으로 인식되기에 이른 것이 아닌가 한다. 저명한 저술가인 유커스도 그의 저서 『차 이야기The Romance of Tea』에서 "옛날 중국과 일본의 저술가는 차의 미덕에 대해서 많은 칭찬을 아끼지 않았다", "육체가 겪을 수 있는 거의 모든 병의 특효약이기 때문에 차 자체가 완벽한 약상자와 같은 것으로 알았다."라고 말하고 있다. 그런 덕분에 맹목적이든 의도적이든 차는 마실 거리의 왕자로 군림해 왔다.

그러나 정작 차가 우리의 몸에 좋은 식품인 것이 과학적으로 인정받게 된 것은 그들의 시대와는 한참 동떨어진 1992년 이후의 일이다. 식품 섬유나 5대 영양소에 이어서 여러 가지 종류의 폴리페놀이 발견되었는데, 특히 녹차가 500여 종의 다양한 화학 성분을 함유하고 있음이 점차 밝혀지고 그중에서도 폴리페놀 함량이 10~24%에 달한다는 사실이 입증되면서 항산화 작용과 호르몬 작용을 향상시키는 유익한 식품이라는 것이 확인된 이후부터이다. 그와 같은 과학적인 확증에 따라 차는 기호 음료에서 건강 음료로, 기능성 음료에서 웰빙 음료로, 후생 음료에서 보험 음료로 그 위상이 대약진하게 된다. 그러나 이는 결코 만병통치와는 다른 말이다. 이 세상 어디에 만병을 통치하는 약이 있겠는가. 차가 삼신산 불사약이 아니고서야.

많은 사람들이 착각의 덫에서 헤어나지 못하고 있는 것은 아닌지 모르겠다. 모든 사물은 겉이 있으면 속이 있고 이로움이 있으면 해로움도 있듯이 절대선은 절대 존재하지 않는다는 것이 만물의 이치이다. 차 또한 그러하다. 차를 우려내는 방법과 체질, 마시는 시기와 양, 그리고 다른 먹거리와의 배합에 따라서 이롭기도 하고 해로워지기도 하는 것이다. 그럼에도 지금까지의 차는 이로움만 있고 해로움은 대부분 가려져 온 것이 사실이다.

찬미론이 판치던 와중에도 북송의 소식은 「동파잡기東坡雜記」에서 차는 "양을 약하게 하고 음을 돕는다而消陽助陰"라고 하였다. 중국 의학에서는 인간의 생명을 천기天氣와 지기地氣, 즉 양기와 음기의 합기合氣로 만들어진 것으로 이 양기와 음기가 우리 몸에 있으면서 순환하는 과정에서 어느 한쪽이 균형을 읽으면 병이 된다는 음양순환론의 이치에서 풀이하면서, 그는 세상에 차가 없어서는 안 되지만 사람을 해롭게 하는 것도 적지 않다고 하였다. 양이 적은 사람에게는 실이 되고, 음이 모자라는 사람에게는 득이라는 것이다.

또한 명나라 허차서許次紓는 『다소茶疏』에서 "차는 늘 마시기에는 알맞은 것이지만 많이 마시기에는 마땅치 않다."라고 하였다. 명나라 말기의 약학자 이시진李時珍 역시 『본초강목本草綱目』에서 "연령과 체질에 따라 음다의 이해가 다르다."라고 하면서 이롭지 못한 경우를 구체적으로 설명하였다.

수년 전의 이야기이다. 티베트 소수 민족의 건강 상태 자료를 수집하고 있던 중국 후난성 의과대학 건강실험실팀은 놀라운 사실을 보고한 일이 있었다. 티베트 도부 현道孚縣에서 740명을 대상으로 표본 조사를 하였는데 40세 이상 남녀의 73.53%와 51.2%의 아동이 불소중독증에 시달리고 있었다고 한다. 원인은 그들이 즐겨 마시는 보이전차普洱磚茶 때문이었다.

불소는 다른 식물에 비해서 찻잎에 압도적으로 많은 양이 함유되어 있어 차를 마시면 불소 성분이 인체의 치아와 뼈에 스며든다. 적은 양의 불소는 치아 표면에 에나멜질을 강화시켜 산酸에 대한 저항을 높여 충치를 예방해 주기 때문에 우리가 평소 사용하는 치약이나 수돗물에도 불소를 사용한다. 그러나 불소 자체는 독성 물질로서 과량을 섭취하여 인체에 누적되면 치아와 뼈에 발육 장애를 일으켜 치아가 얼룩덜룩해지며 골경화증, 척추외골증 등 뼈의 변화를 일으킨다.

도부 현에 이러한 증상이 일어난 동기는 1959년부터 많은 양의 값싼 전차가 보급되면서 과도한 양을 마신 것이 지금에 와서 만성적인 불소중독증으로 나타난 것이라고 한다. 시중에서 판매하는 치약 갑을 유심히 보면 깨알만한 글씨로 된 '사용상의 주의 사항'이라고 적힌 곳이 있다. 거기에는 불소 함유량이 적혀 있고 6세 이하의 어린이가 사용할 경우 1회에 완두콩 크기의 소량을 사용하여야 하며, 빨아먹거나 삼키지 않도록 지도하고, 혹시라도 많은 양을 삼켰을 때는 즉시 병원으로 가서 의사와 상의하고, 치약은 어린이의 손에 닿지 않도록 놓아 두도록 주의하고 있다.

차, 절대선일 수도 있다. 이 말은 적정량을 지혜롭게 가려 마실 때만이 적용되는 말이다.

차와

22,000이라는 숫자

차는 우리 인간에게 수많은 이로움을 준다. 다양한 효능 때문이다. 그렇다면 효능은 도대체 몇 가지나 된다는 말인가. 예로부터 차가 지니는 효능은 수없이 많은 것으로 전해져 내려오고 있다. 심지어 도교 설화에는 어느 나이 많은 본초本草, 지금의 약학 연구가의 이야기가 있는데, 그가 알고 있는 약초는 모두 84,000종으로 대를 이을 자식에게 약초의 효능을 전수해 오던 중 62,000종만을 전수한 채 죽고 말았다. 꿈에서라도 아버지가 나타나서 나머지 약초를 알려 주기를 소망하던 아들에게 어느날 그는 꿈에 나타나 "내 묘에 와 보아라. 그러면 나머지 22,000가지를 알 수 있을 것이다."라는 말을 남기고 사라졌다.

해가 밝자 아버지의 묘소를 찾았으나 거기에는 22,000종의 나무가 있기는커녕 이름 모를 가냘픈 나무 한 그루만이 덜렁 서 있었다. 아들은 이 한 그루의 나무를 왜 22,000가지의 나무라고 말했을까 하고 의아해하던 차에 "아! 이 나무에는 22,000가지의 효능이 있다는 것을 암시한 것이로구나." 하고 깨닫게 되었다. 그 나무가 차나무였다. 그로부터 도

가에서는 차나무의 효능을 22,000가지 나무로 말하게 되었다는 이야기
이다

　물론 22,000가지나 되는 많은 효능을 가졌다기보다는 '아주 많은' 또
는 '탁월한', '다른 초목에 비할 바가 아닌' 등의 의미를 과장해서 비유한
것이다. 그 시대 도가에서는 노장의 과장법이 한창일 때였으니 그럴 법
도 하다.

흰 머리털이 삼천 장이나 되네	白髮三千丈
시름에 지쳐 그같이 길어졌나	緣愁似箇長

　이처럼 탄식한 이백李白의「추포가秋浦歌」를 연상케 한다. 일 장一丈이
약 3m이니 흰 머리털이 9천 m나 되는 셈이다. 본초는 본디 신선 사상을
믿는 도사들이 불로장생의 효능이 있는 선약을 찾아서 헤매던 시기로부
터 시작되었다고 보기 때문에 이상의 설화는 흥미로울 수밖에 없다.

　차의 효능은 8세기 육우의『다경』이후 중국을 중심으로 꾸준히 연구
되어 주로 질병에 대한 예방과 치유, 그리고 도교·불교와 접목되면서
보건 음료이자 종교 음료로 인식되어 왔으나, 음다 풍습이 점차 넓어지
고 대중화되어 가면서 차의 비중은 약용에서 일상적인 기호성 음료로
변화하였다.

　17세기 중국에서 유럽으로 전파된 음다 문화는 때마침 일어난 유럽의
근대 과학을 만나게 되고 특히 19세기 전반기부터 그동안 베일에 가려
졌던 약용 식물의 성분이 하나둘 밝혀지면서 차의 약효가 화학 물질에
의한다는 사실이 과학적으로 판명됨으로써 화학 성분이 차 품질을 가늠

하는 척도가 된다는 것 또한 알게 되었다.

　1820년 독일인 룽게Friedlieb Ferdinand Runge가 커피에서 카페인을 발견한 지 7년 후인 1827년에 프랑스의 우드리Oudry가 차에서 카페인을 분리하는 데 성공하였다. 이와 같은 차의 단일 성분 분석을 이룩한 시점을 계기로 단백질의 구성 요소로 알려진 아미노산과 그 유도체, 비타민 C, 카테킨류Catechins, 차의 향기 성분, 색소류 등의 허다한 성분들이 속속 밝혀지고 기능 과학의 진보에 힘입어 이제는 생활 습관병의 예방 등 기능 음료로 눈부시게 발전하고 있다. 이를테면 스트레스 해소에 마시는 차, 두통에 마시는 차, 피부 미용 차, 머리를 맑게 하는 차, 입 냄새를 없애는 차, 신경통에 마시는 차 등이 있다.

　정말 22,000가지 비밀이 밝혀질까? 그렇다면 도가의 이야기가 과장된 말이 아니라는 것인가? 차 예찬론자들은 차를 천국의 식물이자 만병통치약panacea이라 하였다. 니콜라스 브래디는 1724년 자신의 시 「티 테이블」에서 건강 음료의 제왕으로 찬양한다.

식물의 여왕을 칭송하자, 천상의 휴식을 찬양하자!

그대의 미묘한 힘을 어찌 다 말할 수 있으리오?

젊은이의 끓어오르는 격정과 열사병을 모두 진정시키는,

늙은이의 얼어붙은 혈관에 생명을 불어넣는,

그대, 경이로운 만병통치약이여

...

우리들의 다담茶談은

환희에 넘치고 교훈을 즐기네.

시간과 돈 낭비 말고 단숨에 마시자.

희열을 주는 건강 음료의 제왕을.

Hail Queen of Plants, Pride of Elysian Bowers!

How shall we speak thy complicated Pow'rs?

Thou wond'rous panacea to asswage

The calentures of Youth's fermenting rage,

And animate the freezing veins of age

...

Thus our Tea-Conversation we employ

Where with Delight, Instruction we enjoy;

Quaffing, without waste of Time or Wealth,

The Sov'reign Drink of Pleasure and of Health.

다시 보는 차 문화

카페인의 세계를

엿보다

　사람은 굶어도 1~2주는 살 수 있지만 물을 마시지 않으면 2~3일 버
텨 내기 어렵다고 한다. 인체에서 수분은 공기, 즉 호흡 다음으로 중요
하다. 그렇기 때문에 우리의 조상들은 신선한 물을 찾아 하천이나 호수
또는 우물가에서 살아온 것이다. 세월이 흐르면서 인류는 물이 아닌 마
실 거리를 손으로 직접 만들어 냄으로써 세균에 오염된 위험한 물을 대
신할 수 있게 되고, 생의 가치를 높여 주는 문화·예술적 낭만과 종교 행
사의 필수품으로 이용되어 왔다.

　탄생과 승리, 영광과 흥분, 경이와 환희의 매개자로, 때로는 고뇌와
절망, 비탄과 패배, 죽음을 애도하는 슬픔의 화신으로 변신을 거듭하면
서 수많은 마실 거리가 태어났다. 이것들은 생겨났다가도 곧 사라지는
부침浮沈을 거듭해 오기도 하였으나 그 가운데서도 유독 생명력이 질긴
마실 거리가 있다.

　톰 스탠데이지Tom Standage는 『여섯 가지 음료의 세계사A History of World in
6 glasses』에서 세계사를 바꾼 마실 거리 여섯 가지를 말한다. 맥주, 와인,

증류주와 차, 커피, 콜라 이 여섯 가지의 마실 거리는 두 가지의 공통된 유형으로 나누어진다. 맥주, 와인, 증류주는 알코올 음료이고 차, 커피, 콜라는 카페인 음료라는 점이다.

버넷 와인버그Bennett Alan Weinberg와 보니 빌러Bonnie K. Bealer는 저서 『카페인의 세계The World of Caffeine』에서, "이상의 세 가지 카페인 음료는 알코올 음료를 훨씬 능가하는 대중적이고 보편화된 음료로서 습관성이 있는 정신 활성 물질 가운데 유일하게 많은 사람들의 반대와 저항을 이겨 내고 세계 어디서나 규제받지 않고 자유로이 손에 넣을 수 있다."라고 말한다. 다시 말하면 카페인 음료가 알코올 음료에 비해 세계인이 즐기는 훨씬 보편화된 음료라는 것이다.

세 가지의 카페인 음료는 각각 맛과 향은 다르지만 어느 것이나 카페인을 함유하는 공통점을 갖고 있는 점으로 보아 마실 거리로서의 매력이 카페인에 있음을 알 수 있다. 카페인의 화학적 역사는 1819년 룽게가 커피에서 처음으로 카페인 성분을 분리한 데 이어 8년 후인 1827년 우드리라는 과학자가 차에서 카페인 성분을 분리하고 그 화학 물질을 '테인thein'이라고 명명하였다. 정작 본인은 카페인과는 별개의 화학 성분인 것으로 알고 있었으나 훗날 조바Jobat가 카페인과 같은 성분이라는 것을 밝혀 낸 데에서 시작한다.

카페인은 물에 잘 용해되고 체내 흡수가 빨라 차를 마시면 바로 몸에 골고루 투과되는 특성으로 혈액, 침 심지어는 모유나 정액에 이르기까지 거의 같은 농도로 고루 퍼진다. 이와 같이 하여 체내에 침투한 카페인은 최종적으로 인체의 혈액 청정 기능을 하는 간장을 거쳐 뇨에 섞여 배출된다.

카페인을 장려하거나 반대하는 사람 모두 카페인이 기분을 맑게 하고 잠을 쫓고 활력을 증대하기도 하며 사고 능력을 높인다는 데에 동의한다. 그렇다면 도대체 카페인이 우리 체내에서 작용하는 구조는 어떤 것일까. 물론 아직까지 그 작용에 대하여 모두 밝혀진 것은 아니지만 최소한 심장 혈관계, 호흡기계, 신장, 중추 및 말초 신경계 등에 걸쳐 많은 작용을 하고 있을 것이라는 것이다.

차의 카페인 함량은 잎이나 싹에 약 3.5% 정도이고, 커피의 열매Caffea arabica에는 1~2.2%, 콜라Cola nitida 열매에 1.5% 내외이다. 다만 1컵의 차를 우리는 경우 커피와 비교해 보면 카페인의 양은 커피보다 적다. 5분간 우린 홍차 1컵에는 약 40~100mg의 카페인이 함유되고, 3분 우리면 그 반 정도인 50mg 내외의 양이 된다. 녹차에는 홍차보다 함량이 낮고, 티백에는 홍차보다 많이 함유되어 있다. 이에 반해서 커피는 평균적으로 1컵에 100mg의 카페인이 함유되는 것으로 보고 있다. 이상의 함량은 종류와 우리는 방법, 사용량에 따라서 변수가 될 수 있음은 물론이다.

차는 커피에 비해서 일찍 유럽으로 전해졌으나 17세기 당시에는 차의 가격이 워낙 비싸 그 영향력은 커피에 미치지 못했다. 그럼에도 신비스럽고 사치스럽기까지 했던 차는 급속도로 확산되어 갔다. 그리하여 커피는 차에게 왕좌를 물려주게 되었으나 대신 세계 최대의 환금 작물이 되었다. 차가 커피의 위세를 꺾고 역전한 것이다.

기원전 2700여 년경 신농씨의 전설로부터 출발한 차는 일찍이 아시아 지역을 섭렵하고 드디어 1610년대에는 포르투갈과 네덜란드의 무역상이 중국 광둥의 마카오와 인도네시아 자바의 밴텀에서 차를 수입했다. 1630년대에 네덜란드 인에 의해서 미지의 땅 프랑스로, 1651년에는 차를 세계화하는 데 결정적인 역할을 했던 영국으로 전해졌다. 아시아 지역과는 달리 유럽 지역으로 차가 전파되는 초기에 의약용 음료로서 또는 건강 음료로서의 효능을 두고 맹렬한 논쟁에 휩싸이기도 했다.

차에 독성이 있어 "40세 이상의 사람이 마시면 죽음을 앞당긴다."라고 한 독일인 의사 사이몬 파울리Simon Pauli의 주장이 있었는가 하면, 네덜란드 인 의사 니콜라스 덕스는 "차는 만병통치약"이라면서 "이 식물에 비견할 만한 것이 없다. 그러므로 이를 마시면 여러 가지 병을 이겨내고 상당히 고령이 되기까지 살 수 있다."라고 하였고, 네덜란드 인 의사 코르넬리스 본테쿠는 "위장이 허락하는 한 많이 마시는 것이 좋다. 환자는 1일 50잔으로부터 200잔까지 마셔도 된다."라고 하였다.

본테쿠의 그런 주장이 있은 후 차의 소비가 엄청나게 늘어나자 네덜란드 동인도 회사는 그에게 명예의 상을 주었다고 한다. 차의 찬양론은 영국의 비평가이자 역사학자인 아이작 디즈레일리Isac Disraeli의 다음과 같은 말로 요약할 수 있다. "이 이름난 식물의 걸어온 길은 진실의 길과 대단히 닮았다. 최초에는 사람들로부터 의심스러운 눈으로 비쳐졌었다. 맛보기 좋아하는 용기 있는 자만이 그 참맛을 알고 있었다. 그 후 저항에 부딪히면서도 서서히 사회에 침투하여, 욕먹어 가면서도 인기를 높여 갔다. 마침내 대승리를 거두어 궁전에서부터 시골집에까지 전 국민을 즐겁게 하기에 이르렀다. 오로지 천천히 거역할 수 없는 시대 흐름과 그 식물만이 가진 가치 때문이었다."라고 말하였다.

그러면 식물에 있어서 카페인은 무엇 때문에 존재하는 것일까? 식물은 카페인을 생성하여 자기에게 해로운 세균이나 균류를 죽이기도 하고 해충을 불임시켜 자기 보존을 한다. 천연의 화학적 방어 수단이 되는 것이다. 그뿐만 아니라 주위의 흙에 침투되어 잡초의 생장을 억제하기도 한다. 실로 경이적이다.

여러 가지 사회적 저항과 문화적 갈등과 시련을 이겨 내고 카페인 음료인 차는 성장을 거듭하면서 우리의 생활에서 뗄 수 없는 필수적인 마실 거리로 정착하게 되었다. 몇 가지 예를 들어 보자. 18세기 말 산업혁명의 영향으로 차는 급속도로 보급되기 시작하면서 공장주들은 종업원들에게 오전, 오후, 그리고 중간 시간대에 티 브레이크tea break를 인정하게 되었다. 알코올 음료를 마시면 집중력이 떨어져서 능률이 저하되고 동시에 산업 재해로 인한 손실이 발생하므로 이를 방지하기 위하여 차를 마시게 한 것이다.

한편 국민 건강 차원에서도 엄청난 기여를 하였다. 차에 함유된 항균 성분인 페놀로 인하여 물을 매개로 하는 병의 만연을 방지하기도 하고, 어머니가 차를 마시는 것만으로도 모유 중의 항균 성분이 카페인의 도움을 받아 급속도로 고르게 옮기기 때문에 유아 사망률이 감소하는가 하면, 차에 대한 인기가 높아지면서 도자기 산업과 그 연관 산업이 일어나는 등 사회·문화·산업 모든 분야에 걸쳐 놀라운 변화가 일기 시작하였다.

"차의 고마움이여! 만약에 차가 없다면, 세계는 도대체 어떻게 될까? 멸망하지나 않을 것인가?" 영국 작가 시드니 스미스Sydney Smith의 말이다. 차가 우리 인류 문화에 극명하게 밀착되었음을 거리낌 없이 나타낸 말이 아닌가.

세계인이 가장 즐겨 마시는 음료, 맛과 향은 비록 다르지만 어느 것이나 카페인을 함유함으로써 공통 성분인 카페인은 인간으로부터 사랑받는 매혹의 물질이라는 것을 입증한다. 따라서 수천 년의 인류 역사를 통하여 이 매력적인 침출액, 세련된 자극제는 꾸준히 사회 관습과 문화 예술 등 여러 분야에 걸쳐 가장 인기 있는 마실 거리의 주역으로 자리하고 있다.

생명의 액체인 '차'는 카페인으로 인하여 비로소 완성된 것이다.

좋은 물,

생명의 찻물

우리 몸은 언제나 일정한 양의 수분을 확보하고 있어야만 한다. 1% 부족하면 목에 갈증을 느끼고, 20% 부족하면 죽음에 이른다는 말이 있듯이 인간은 물을 떠나서 생존할 수가 없다. 사람 몸의 60%는 수분으로 형성되어 있다. 갓난아기는 80%가 되나 일반적으로 연령과 성별, 지방량 등에 의해서 변화하고 나이가 들수록 수분을 잃게 되는데 고령자는 50% 정도까지 줄어든다. 수분 이외의 40%는 단백질, 지방, 뼈 등으로 구성된다.

체내의 수분은 세포 내에 있는 세포내액과 세포 외에 있는 세포외액으로 나누어지는데, 체내 수분이 60%라면 세포 내에 40%, 세포 외에 20%를 함유하고 있다.

물은 체내에서 영양소의 소화, 흡수, 운반이나 노폐물의 배설 그리고 체세포나 각 조직의 체액으로 중요한 역할을 하고 있다. 모든 것을 용해하는 성질이 있어서 혈액과 같이 온몸을 돌아다니면서 몸에서 일어나는 여러 반응을 주도하기도 한다. 또한 칼슘 등 미네랄을 용해함으로써 인체에 흡수되기에 용이하도록 모양을 바꿔 체내의 산소와 침투압의 균형을 유지시켜 주는 역할도 한다.

물은 주로 혈액에 의해서 영양소와 산소를 온몸의 세포에 고루 운반해 주는 반면 노폐물과 이산화탄소를 배설한다. 따라서 체내의 수분이 모자라게 되면 혈액 농도가 높아져서 혈액의 흐름이 나빠지고 그 운반 기능은 저하된다.

그뿐 아니라 체온을 일정하게 유지시켜 주는 체온 조절 기능도 한다. 많은 수분을 함유하고 있는 몸은 열용량이 많기 때문에 기온이 내려가더라도 체온이 잘 내려가지 않고, 또한 체온이 높아지면 땀을 배출하여 체온을 내려가게 조절하기도 한다.

인간은 1일 오줌으로 1~2L, 땀이나 호흡 그리고 피부와 같이 감지할 수 없는 곳으로부터 1L 전후, 변에 포함되는 수분 0.1L, 모두 합하여 2~2.5L의 수분을 배설한다. 그래서 하루 평균 배설하는 2~2.5L의 수분을 매일 공급받아야 한다.

이를 수학적으로 풀어 보면 먼저 식사에서 1L 전후를, 또한 야채나 과일과 체내에 있는 단백질이나 지방 등의 산화 연소에서 생성되는 대사수代謝水 0.3L를 얻을 수 있으나 부족한 나머지 1.2~1.5L는 음료수에서 얻어야 한다.

음료수를 마실 때는 1회에 많이 마셔도 전부 흡수할 수 없기 때문에 하루 분량을 여러 차례 나누어 마셔야 한다. 아침에 일어나서, 세 끼 식사 때, 입욕 전후, 일하는 사이사이, 운동할 때 수시로 마시면 된다. 우리가 일상 사용하는 컵의 경우 대부분 150ml 용량인 것을 감안할 때 하루 10잔의 분량이 되는 셈이다.

다시 보는 차 문화

1945년 미 의학연구소 식품영양국의 연구 보고서에 의하면 매일 8온스227ml 잔으로 물 8잔을 마시는 것이 건강에 알맞은 양이라는 이른바 '8×8 이론'이 있으나, 2002년 미 다트머스 의과대학 하인스 발틴 박사는 미 생리학회 저널에 '8×8 이론'은 아무런 과학적 증거가 없으므로 목마를 때마다 물을 마시면 된다는 반론을 제기한 바 있다.

아무튼 생활 리듬에 맞추어 물을 섭취하는 습관을 들이는 것이 가장 현명한 방법이다. 목이 마르다는 감이 들 때는 이미 체내의 수분이 부족하다는 신호라는 사실을 잊어서는 안 된다. 탈수 현상이 생기지 않도록 즉시 물을 섭취해야 한다.

물을 섭취하면 소화 흡수가 잘되어 노폐물이 체외 배출이 되면서 신진대사가 원활해진다. 그뿐 아니라 물에는 긴장을 풀어 주는 긴장 완화 효과가 있다고 한다. 스트레스를 느낄 때는 사람의 혈관이 수축되고 혈액의 농도가 높아진다. 이럴 때 물 한 컵 마시면 개운해지는데 이는 혈액 순환이 원만해지기 때문이다.

인간은 물을 섭취하여 혈액을 순환시킴으로써 생명을 유지하고 정신적인 안정을 얻을 수 있는 것이다.

그러면 어떤 물을 마셔야 하는가. 어떤 물이 가장 좋다는 부러진 답은 없다. 그러나 일반적으로 생물학적으로나 화학적으로 좋고 미네랄 함량이 높으며, 수소 이온PH이 7.5 정도의 약알카리성이고, 물에 산소가 녹아 있는 용존 산소량이 높은 물을 좋은 물이라고 말한다.

매일 보충해야 할 1.2~1.5L의 물은 어떻게 충당하여야 하는가? 우리 전통차를 통해서 일부 보충하는 방법도 하나의 지혜이다. 차는 카테킨 등 여러 성분이 고루 복합적으로 함유되어 있기 때문에 체내 수분을 유지하는 데 도움을 준다. 차나무의 침출물과 물의 화합으로 창조해 낸 테라피 음료이자 보험 음료이기 때문이다.